CH01460867

Philippe Ségur est professeur agrégé à l'Université. Il enseigne à la faculté de droit de Perpignan et vit dans le Vaurais. Il est l'auteur de *Métaphysique du chien* (prix Renaudot des lycéens 2002), *Autoportrait à l'ouvre-boîte* (2003), *Poétique de l'égorgeur* (2004), *Seulement l'amour* (2006), *Écrivain (en dix leçons)* (2007) et de *Vacance au pays perdu* (2008).

DU MÊME AUTEUR

Métaphysique du chien
prix Renaudot des lycéens 2002
Buchet-Chastel, 2002
et « Points », n° P1139

Autoportrait à l'ouvre-boîte
Buchet-Chastel, 2003
et « Points », n° P1246

Poétique de l'égorgeur
Buchet-Chastel, 2004
et « Points », n° P1407

Seulement l'amour
Buchet-Chastel, 2006
et « Points », n° P1619

Messal
poèmes
N & B, 2007

Vacance au pays perdu
Buchet-Chastel, 2008

Philippe Ségur

ÉCRIVAIN
(EN 10 LEÇONS)

ROMAN

Buchet-Chastel

Pour en savoir plus sur l'auteur :
www.philippe-segur.net

TEXTE INTÉGRAL

ISBN 978-2-7578-0712-5
(ISBN 978-2-283-02078-4, 1re publication poche)

© Buchet/Chastel, un département de Meta-Éditions, 2007

Le Code de la propriété intellectuelle interdit les copies ou reproductions destinées à une utilisation collective. Toute représentation ou reproduction intégrale ou partielle faite par quelque procédé que ce soit, sans le consentement de l'auteur ou de ses ayants cause, est illicite et constitue une contrefaçon sanctionnée par les articles L.335-2 et suivants du Code de la propriété intellectuelle.

À Vera Michalski,
à Pascale Gautier,

avec toute ma gratitude.

« Je ne suis pas un être humain,
je suis de la dynamite. »

Nietzsche, *Ecce Homo*

Leçon 1

La vocation

Ma vocation d'écrivain est une conséquence directe de mon échec dans la carrière de super-héros. À huit ans, j'avais un mental d'acier, un mental de vainqueur. Je lisais chaque mois, dans *Strange,* les aventures de l'homme-araignée, des X-Men, d'Iron-Man, du Surfer d'argent et de quelques autres. J'y apprenais avec application les rudiments du métier de justicier. Comment escalader à mains nues l'Empire State Building, comment bondir d'un gratte-ciel à un autre, comment délivrer une jolie fille des tentacules du Dr Octopus sur la statue de la Liberté. Je me promenais dans les rues de Toulouse en sifflotant, dévisageant les passants d'un air bravache. Je couvais des yeux les belles filles que je croisais. Haha, qu'un de ces minables s'avise d'en ravir une au sommet de la Caisse d'Épargne ou du Crédit Agricole, et on allait voir ce qu'on allait voir !

Mon personnage préféré était Daredevil. Il était aveugle, doué de facultés extrasensorielles et menait une double vie. Le jour, il se cognait contre tout ce qu'il rencontrait. La nuit, il cognait sur tout ce qu'il rencontrait. En pleine lumière et en costume civil

13

il avait l'air diminué, mais dans le noir il devenait invincible. Il portait une combinaison moulante rouge qui faisait saillir sa puissante musculature. Il avait deux petites cornes de diablotin sur la cagoule qui lui recouvrait le crâne. C'était un redresseur de torts, avec une faille secrète, une dimension nocturne dans tous les sens du terme. Il était drôlement beau. Moi aussi, j'avais une faille secrète. Elle me rendait humain malgré mes super-pouvoirs. J'avais un mental d'acier dans un corps de phalène.

« T'es taillé comme une arbalète », me disait le gros Rigot à qui j'enviais le physique de Hulk (le gros Rigot était mon ami). Pour un super-héros, mon côté fil de fer était un peu gênant. Mais j'en avais fait une arme redoutable. Un leurre pour endormir la vigilance de mes adversaires. Je leur laissais croire que j'étais vulnérable, je les laissais s'approcher avant de les exterminer, eux, vermine, et toute leur engeance, avec l'arsenal secret de mes facultés psychiques.

En tout cas, c'était ce que je me promettais de faire dès que mes pouvoirs mentaux se seraient développés. En attendant, je peaufinais mon leurre en profil d'arbalète. Et ça marchait à n'y pas croire. Je rentrais de l'école, triomphant, les yeux pochés, le nez sanglant, exalté par ces débuts prometteurs : « Héhé, je les ai encore eus », disais-je à ma mère, les narines gonflées de coton hydrophile. Elle poussait des cris d'épouvante. « Impitoyable que je suis ! Ils tombent tous dans le panneau ! » Elle gémissait de terreur. « Je n'en épargnerai aucun, je les veux tous à ma botte ! » Je criais d'excitation, ma mère de douleur. Premiers succès, premiers moments de bonheur.

Ma mère m'a beaucoup soutenu dans mes débuts de super-héros. Elle me trouvait beau. Elle me trouvait intelligent. Nous tombions assez facilement d'accord sur le fait que j'étais promis à une haute destinée. Nous ne divergions que sur les modalités pour y parvenir. Je tenais par-dessus tout à la combinaison rouge et cornue de Daredevil. Elle préférait le casoar des élèves de Saint-Cyr ou le bicorne des polytechniciens. Je lui disais : « Maman, tu veux me rendre ridicule. » Elle me répondait : « De la blague. Trouve-toi d'abord une bonne situation, tu feras super-héros ensuite. » Je dois admettre qu'elle n'avait pas tout à fait tort. Peu de super-héros poussent le perfectionnisme jusqu'à se dissimuler en garçons coiffeurs ou en videurs de boîte de nuit.

« Super-héros tout seul, ça rapporte rien », ajoutait ma mère. Et c'est vrai qu'il y avait un standing à maintenir : puissantes limousines, domicile secret à aménager derrière une bibliothèque, serviteur fidèle à rémunérer à hauteur de sa discrétion (à moins de le choisir muet, solution plus économique). Sans parler des faux frais : blanchisserie, achat de gadgets, petits en-cas pour les expéditions de longue durée, vidange-graissage de la voiture. Pas question de sortir avec un faux pli sur la combinaison, de faire une hypo-glycémie sur une tour de Manhattan ou d'appeler une dépanneuse pour un défaut d'allumage. On n'y pense guère, mais la logistique de super-héros est considé-rable. Ma mère savait cela. Ma mère savait tout. Ma mère m'ouvrait les yeux.

À dix ans, je me suis confectionné une tenue de

super-héros. Un vieux drap noué autour du cou me servait de cape. Il portait les initiales de ma grand-mère : M. C. pour Marinette Cambon. Une chemise en éponge empruntée à un déguisement de motard moulait étroitement mon torse. Ma poitrine était superbe et sculptée. À partir du squelette, mais sculptée. Les clavicules figuraient les pectoraux, les côtes les abdominaux, le sternum le sillon ventral, le tout remonté trop haut, défiant les lois de l'anatomie, bouleversant les règles de la perspective (je me trouvais un air radioactif, j'en étais rudement fier). Je portais aussi un loup noir et un casque-bol en plastique. Ainsi paré, j'étais splendide. J'étais méconnaissable. J'étais Méga-Condom ! (pas facile de trouver un nom de super-héros qui corresponde aux initiales de la cape, c'est le gros Rigot qui avait eu cette idée : Méga-Condom, en anglais ça voulait dire super-arme-à-feu, il disait).

Ma première sortie de super-héros a lieu un mercredi après-midi. Dans la cour de mon immeuble, il y a des gamins assis en cercle et parmi eux une fille qui me plaît. Elle s'appelle Sylvie Guilbert. Elle a une chevelure auburn très opulente et de drôles de lèvres, comme deux limaces rosées qui s'animent en tous sens et qu'on a envie de mordre. Je m'approche avec mon mental d'acier, mon casque de motard et ma cage thoracique bombée, tous les os bandés sous la chemise en éponge. Je les observe. Ils jouent aux cartes et ne remarquent pas ma présence. Il y en a un qui triche. C'est Volzan, ce stupide Volzan que je déteste, avec son visage délicat aux yeux bleus, cet air niais de grand brun imbécile au physique de sportif. Je ne peux supporter son arrogance. Il se croit malin, parce qu'il est fort en maths (il tient le même raisonnement dans les autres matières, c'est à pleurer de rire). Le genre de type qui s'imagine, parce qu'il est aimé de tous, que les autres le jugent sympathique.

Sylvie Guilbert ne le quitte pas du regard. Je me demande ce qu'elle peut lui trouver à ce mollusque même pas gros, même pas maigre : vulgairement proportionné (en tout cas, moi, ça ne m'abuse pas, c'est pas avec de la proportion qu'on fait les super-héros, tous les lecteurs de *Strange* savent ça). Elle prend chacune de ses cartes en minaudant. Elle ouvre de grands yeux et fait un petit rond de serviette mou avec ses lèvres limaces : o. Et lui, Volzan, il n'a qu'une chose en tête, ce petit vicieux. Il ne pense qu'à la gagner, cette partie, c'est couru. Après quoi, il abandonnera Sylvie Guilbert à son déshonneur avec le Mistigri de la honte entre les mains.

Une violente colère de super-héros s'empare de moi. Il y a là une mission pour Méga-Condom. Un devoir d'ingérence qui ne souffre aucun délai. Méga-Condom va intervenir. Méga-Condom va rétablir l'ordre. Méga-Condom *is back in town*, nom d'une pipe ! La stratégie à mener est simple, un véritable jeu d'enfant. Il s'agit d'impressionner Volzan pour le placer dans une position d'infériorité psychologique. C'est un point très important. Je compte essentiellement sur le costume de super-héros pour lui faire peur.

Je m'avance vers lui d'une démarche assurée. Je lui pose une main sur l'épaule et le traite de tricheur. Il tourne vers moi un visage ulcéré. Il ne s'agit pas de se laisser attendrir. Sylvie Guilbert est là qui me jette un regard incrédule. Sa jolie bouche-gastéropode ondule bizarrement. Je vais l'épater, lui en mettre plein la vue avec mon aisance de super-héros, ma force tranquille de type énigmatique. Sale tricheur, je répète. Je suis vraiment intrépide (de toute façon, le masque me protège). À ce moment, j'aperçois le gros Rigot, mon ami, qui se trouve dans le groupe. Qui c'est, çui-là? fait Volzan tout en se levant, les poings crispés, les jointures un peu blanches. Je le sens fragile, très déstabilisé. «C'est Marinette Cambon», fait le gros Rigot, d'un air placide, sans détourner les yeux de son paquet de cartes.

Je rentre chez moi, la figure fendue d'un sourire vertical.

*

À l'âge de onze ans, ma vie a connu un véritable tournant. Je me suis mis à écrire. L'écriture est une activité nettement moins dangereuse que de se promener dans la cour de son immeuble un mercredi après-midi en tenue de Méga-Condom. J'ai pu m'y livrer sans dommage avec une grande ardeur. Ma mère ne voyait pas d'un très bon œil cette nouvelle passion. «De la blague, disait-elle. Trouve-toi d'abord une bonne situation, tu feras écrivain ensuite.» Elle considérait les gens de lettres comme des saltim-banques, des crève-la-faim qui ne tenaient rien de solide. D'ailleurs, la plupart mouraient jeunes, ce qui prouvait à quel point ils étaient incapables. Les seuls qui trouvaient grâce à ses yeux avaient un vrai métier. Ils étaient ambassadeurs, ministres, chirurgiens. Ils écrivaient des livres à temps perdu, pour se distraire. L'absence de soucis matériels était la condition préalable d'une bonne création. Généralement, elle la rendait même superflue et ainsi tout rentrait dans l'ordre. Mais j'avais onze ans. Les exploits d'un plénipotentiaire ou d'un sous-secrétaire d'État ne me paraissaient pas d'une efficacité prouvée pour séduire les filles. Je m'en tenais donc à la solution alternative la plus rapide et la plus adaptée à ma morphologie : j'écrivais. De jour comme de nuit. Je m'y faisais des cernes gros comme des lunettes de soleil.

Ma mère s'en inquiétait. «Tu vas finir par t'abîmer avec toutes ces bêtises !» À ses yeux, l'écriture ne représentait aucune valeur ajoutée dans mon prestige masculin. Ma séduction allait de soi. Il n'était d'ailleurs pas question de la forcer. J'avais des pantalons trop courts (j'en revois un, couleur rouille, à énormes pattes d'éléphant, s'arrêtant à mi-mollet, ondulant et valsant de tous côtés à chacun de mes pas : j'avais l'air de me déplacer en dansant le charleston). Je portais des pulls tricotés main, toujours un peu étriqués (inévitable après lavage en machine), et vite effilochés (signe de qualité Phildar). L'un dans l'autre, ça me donnait une allure très enjouée, très guirlande de Noël. Mes camarades, du reste, jouaient parfaitement le jeu : ils m'enroulaient autour des arbres.

J'étais aussi affublé d'un appareil dentaire, un palais en plastique avec une petite barre de fer qui courait sur mes incisives supérieures et me faisait chuinter : shhh, shhh (mes dents jaillissaient avec l'exubérance du plissement pyrénéen à l'ère tertiaire). Enfin, pour parfaire le tout, je portais des chaussures semi-orthopédiques à montants renforcés et en cuir de vachette (aucun problème de ce côté-là, mais mieux valait prévenir que guérir). «Maman, tu veux me rendre ridicule», me plaignais-je parfois avec une pudeur d'écrivain. On me conduisait alors chez la coiffeuse. C'était une amie de ma mère qui tenait un salon pour dames. J'aimais bien y aller. Ça sentait bon les colorants et il y avait toujours de jolies apprenties pour me caresser le dessus du crâne. Je les dévisageais dans la glace tout le temps qu'elles me coiffaient. Je faisais semblant de surveiller ma coupe en tournant les pages d'un *Jours de France*.

Quand je partais, j'étais aux anges. Je quittais ces dames très cérémonieusement, en faisant d'incroyables ronds de jambe avec mes pantalons qui dansaient le charleston. Mes cheveux raides s'étaient transformés en petites bouclettes, parfois une anglaise tire-bouchonnait par-dessus mon oreille et me donnait un air tout à fait coquet et délicieux. Ma mère exultait. «Tout lui va, ce petit. Tout lui va!» Et tout m'allait, en effet. C'était un avis unanimement partagé. «Tiens, v'là l'arbalète à perruque», disait mon ami, le gros Rigot, qui avait sur le groupe une certaine influence. Pour la plupart des gamins de ma classe j'étais devenu une sorte de vedette, le petit Lord Fauntleroy, ils m'appelaient, c'est dire si je faisais sensation.

Ma mère était réceptive à ce déferlement d'enthousiasme. Il ne lui échappait pas que je plaisais. Du coup, elle ne comprenait pas pourquoi je restais enfermé dans ma chambre à griffonner mes histoires au lieu d'aller jouer dans la rue avec les enfants de mon âge. «Bah, il n'a pas fini de les faire souffrir, les petites, disait-elle pour terminer. Il peut bien les épargner encore un peu.» En réalité, ma retraite était consacrée à l'exécution d'un plan redoutable. Je construisais une œuvre qui devait m'assurer une aura irrésistible. Grâce à elle, j'allais exercer une attraction foudroyante sur toutes les femmes qui m'approcheraient (sous réserve des places disponibles, je ne pouvais pas satisfaire tout le monde). Évidemment, ça n'allait pas tout seul. J'écrivais à longueur de temps, muré dans ma solitude. De temps à autre, il m'arrivait de me relire à haute voix pour vérifier l'impact de ma prose. Je hurlais de rire tellement c'était bon.

L'année de mes treize ans, j'ai récolté le fruit de mon labeur. Une de mes nouvelles a été publiée dans un hebdomadaire de la presse enfantine. Il s'agissait d'un concours ouvert aux lecteurs, j'y avais répondu par l'envoi de mon meilleur texte : *Jack Aileron sauve la Terre*. Je n'avais reçu aucune réponse, et c'est en ouvrant un matin le magazine que j'ai découvert avec ravissement mon nom imprimé au bas de la page vingt-cinq. Ma réaction a été fulgurante, une vraie réaction d'écrivain.

Le jour même, j'attends Sylvie Guilbert à la sortie du collège. Je porte mon pull-guirlande, mes cernes en bandoulière, mes frisettes sur les tempes, mon palais en plastique glissé dans une poche et mes pantalons flottant à dix centimètres au-dessus du sol. Je suis dissimulé derrière un poteau électrique situé sur le chemin qu'elle emprunte pour rentrer chez elle.

Je connais son trajet par cœur, parce que depuis deux ans je la suis discrètement tous les soirs à bonne distance (plus près, c'est délicat, ça la fait rire trop fort). Quand elle se trouve à ma hauteur, je bondis hors de ma cachette. Elle pousse un petit cri de surprise, ses lèvres s'arrondissent formant un anneau de guimauve rose vraiment à croquer. Je lui tends l'exemplaire du journal avec autorité, sans lui laisser le temps de réagir, arborant un fin sourire de vainqueur. « Tiens, tu liras ça. Ça devrait t'intéresser. »

Je la toise en ricanant. Déjà, je sens que je la domine. Elle me regarde, les yeux ronds. Elle ne me répond pas, n'esquisse pas un geste. Sans doute a-t-elle compris que le rapport de forces vient de s'inverser. Elle attend que je décide de son sort, le visage impassible, entièrement soumise. Je n'ajoute rien non plus. Je reste maître de mes nerfs. Je me retourne dans une pirouette et je m'en vais en sifflotant. Pas urgent de prendre une décision, ma petite. Je ne suis pas pressé, moi, le temps joue en ma faveur, rien à voir avec ces ahuris de sportifs qui galopent toute la journée sur les stades. Je marche d'un pas viril sans me retourner, en shootant de temps à autre dans un caillou, l'énorme masse de tissu de mes pantalons virevoltant comme une jupe de derviche. Je sens son regard admiratif qui pèse sur mon dos (ah ah, c'est dans la poche !).

Le deuxième jour, j'attends Sylvie Guilbert au même endroit. Cette fois, je suis adossé avec nonchalance au poteau électrique, les pattes d'éléphant au repos. J'ai acheté un autre exemplaire du magazine qui s'honore de publier mon nom. Je ne m'étais jamais rendu compte à quel point il sonnait bien. Je lis et relis la page vingt-cinq en riant très bruyamment chaque fois que quelqu'un passe. « Trop fort, cet Aileron, trop fort ! » Je me donne de grandes claques sur les cuisses. Mon objectif est clair : créer un attroupement pour accroître mon pouvoir de fascination sur Sylvie Guilbert lorsqu'elle débouchera au coin de la rue (au bout d'un moment, l'écriture crée, en termes d'impact, un effet cumulatif ; j'ai conscience de cela ; j'ai conscience de tout ; je suis machiavélique).

Quand Sylvie Guilbert arrive, l'attroupement n'est encore que de deux personnes : elle et moi. J'ai peut-être ri trop fort, les gens ont eu l'air d'avoir peur (on ne peut pas tout savoir du premier coup, je provoquerai des émeutes plus tard). L'attroupement, du reste, ne dure pas longtemps, car, prévenant l'ordre de dispersion, Sylvie Guilbert passe devant moi sans me jeter un coup d'œil. Sans doute ne m'a-t-elle pas remarqué, éberluée qu'elle doit être par cette histoire d'Aileron. Ça a dû lui poser une sacrée difficulté de visualisation, ce récit onirique, cet imaginaire débridé. Avec ma sensibilité d'écrivain, je le devine tout de suite. Je la rattrape en courant. Un véritable séisme s'empare de mes pantalons qui virent à droite, virent à gauche d'une manière désordonnée.

« Alors ? » je lui dis. « Alors quoi ? » elle me répond. Elle me semble complètement dans les vapes. Bien sûr, il est impossible de redescendre comme ça sur terre après une lecture pareille. Il faut l'aider à atterrir, parce que tout de même, pour ce qui m'intéresse, c'est ici que ça se passe. « Aileron, hein, t'as vu, ça t'en bouche un coin, non ? » Là, il se produit sur son visage un phénomène qui me laisse perplexe. Ses yeux vert d'eau se posent sur moi depuis une hauteur incommensurable, alors que mathématiquement je la dépasse d'une tête, et ses jolies dents mordillent ses lèvres charnues qui se tortillent dans tous les sens. Je me dis qu'elle a un problème avec Aileron. Je me dis que j'ai un problème avec ses lèvres. Je me dis que ces deux problèmes doivent pouvoir trouver une solution commune. Je m'avance pour l'embrasser (c'est le gros Rigot qui m'a conseillé d'y aller franco).

À cet instant, elle dit : « J'aime pas ces journaux pour dégénérés. » Je dis : « Quoi ? » Elle dit : « Les journaux de bandes dessinées, je trouve ça consternant. De la sous-littérature pour morveux. » Je dis : « Ouhla, oui, ouhlala, oui, et comment ! » Puis, juste après : « Comment ? » Elle dit : « Pardon ? » Je dis : « Qu'est-ce que tu entends au juste par sous-littérature pour morveux ? » Elle dit : « Toutes ces puérilités, ces grosses ficelles, tu sais bien, non ? » Je dis : « Ouhla, oui, ouhlala, oui, et comment ! Ces super-héros, ces paquets de muscles, ces toits de Manhattan ! Oh, ce que j'en ai soupé ! » Elle me regarde en coin, un sourire à peine esquissé sur l'escargot sans coquille de sa bouche adorable (je trottine à ses côtés, mes pantalons se sont lancés dans une partie endiablée de charleston). Je dis : « Tu sais, Aileron et tout le toutim, c'est qu'un travail de commande, hein. Ces jours-ci, je travaille sur un projet plus sérieux, quelque chose de vraiment énorme. Qu'est-ce que tu lis, toi, en ce moment ? » Elle dit : « *Le Moine* de Matthew G. Lewis. Bon, je suis arrivée. Allez, salut ! » Elle disparaît derrière le portail de sa maison. Je crie par-dessus la grille : « Ah oui, excellent ! *Le Moine*, très bon livre, chef-d'œuvre ! » Quelle fille fantastique, quel livre merveilleux. Je cours à la librairie me l'acheter.

Le troisième jour, je l'attends toujours au même endroit, avec une cantine de l'armée américaine sous chaque paupière (j'ai passé la première moitié de la nuit à lire *Le Moine* et la deuxième à faire des cauchemars, c'est rudement plus violent que les aventures d'Aileron, comment une fille aussi délicate peut-elle lire des trucs pareils ?). Quand elle arrive, elle n'a pas l'air de me reconnaître. C'est la timidité qui fait ça. Pour la mettre à l'aise, je lance : « Comme je disais hier, j'aime beaucoup Lewis, ces histoires de cachots, de nonnes recluses, de pactes avec le diable ! C'est d'une fraîcheur, d'une modernité ! » Elle me jette un regard inexpressif. J'ai dû me méprendre sur ses goûts. « Remarque, c'est peut-être un peu mou, je lui fais. Voire languissant, non ? Ça manque de nerfs, cette intrigue, on a l'impression d'avoir déjà lu ça cent fois. Quel collectionneur de clichés, ce pauvre Lewis ! » Elle a un petit gloussement de dédain : « Sauf que c'est un précurseur. Ça date de la fin du XVIIIᵉ. Dans le genre gothique, les autres n'ont fait qu'imiter. »

Flûte ! Je le savais ! C'était écrit dans la préface, je ne l'avais pas lue jusqu'au bout. « Bien sûr, bien sûr. C'est ce que je voulais dire, je réponds. Le premier à avoir utilisé tous ces lieux communs, on ne peut pas lui enlever ça. » Elle me jette un regard plein de pitié : « Ouais, à condition d'excepter Ann Radcliffe. » Je reste interloqué. Ann qui ? Cette fois, je suis largué. D'ailleurs, elle ne me regarde plus. Elle marche à toute allure, suivie par mes pattes d'éléphant affolées qui se gondolent en tous sens. Je me sens submergé. Je fais une dernière tentative : « Mais *Le Moine*, en tout cas, indépassable, hein. Qui pourrait se mesurer à ça ? » Elle répond avec un petit rire, tandis que nous arrivons chez elle : « Qui, en effet, à part Antonin Artaud, peut-être ? Allez, salut. » Elle disparaît derrière le portail.

Je reste un moment perplexe devant la grille de sa maison. Du plat de la main, je flatte mes pattes d'éléphant qui retrouvent peu à peu leur calme. Dans une de mes poches je saisis le palais en plastique, je l'époussette et le réajuste dans ma bouche, bien calé du côté des dernières molaires. La petite barre de fer se réenclenche sur mes incisives supérieures. Shhh, shhh. Je chasse la salive restée coincée derrière l'appareil. Shhh, shhh. Lewis, Radcliffe, Artaud ! Des légendes de bonnes sœurs en cornette à l'ère de la propulsion atomique ! Ha ha, shhh. À mourir de rire !

Le quatrième jour, je n'attends pas Sylvie Guilbert derrière le poteau électrique. Je ne me sépare pas non plus de mon palais en plastique. Je lui écris une lettre sur les conseils de mon ami, le gros Rigot. La correspondance me paraît, à la réflexion, beaucoup moins dangereuse que d'engager avec elle une discussion à bâtons rompus sur la littérature. Je lui explique que j'ai éprouvé un vif intérêt pour notre conversation sur le chemin du collège, et que je n'envisagerais pas sans déplaisir l'opportunité de prolonger cet échange enrichissant par un tête-à-tête littéraire lorsque l'occasion s'en présentera. Par exemple mercredi prochain, chez moi, à quatorze heures trente. J'ajoute que je suis en avance sur ma prochaine livraison de nouvelles, que j'ai un peu de temps à perdre et que ma mère ne sera pas là.

Je profite de l'occasion pour glisser quelques fines allusions à mes auteurs de chevet : Sir Horace Walpole, Charles-Robert Maturin et Jan Potocki, trois maîtres du roman fantastique. Bien sûr, je n'omets pas cette chère Ann Radcliffe et ce bon vieil Artaud avec lesquels j'ai tant ri lorsque j'étais plus jeune et sur les livres desquels j'ai quasiment appris à lire. Ah, mon Dieu, comme il est bon de se sentir unis par ces affinités électives, et comme il est réconfortant d'appartenir à ce cénacle d'esthètes quand tant d'autres se vautrent dans la fange abjecte des illustrés et de la vulgarité atomique. Je signe :

truly yours,
Philip.

(C'est l'effet Ann Radcliffe, ça me paraît irrésistible.)

Je termine ma lettre un vendredi matin. J'ai deux wagons de marchandises sous les paupières. L'exercice m'a coûté une nuit de sommeil et une anthologie de la littérature fantastique, achetée à bon prix la veille au soir. Mais je n'ignore plus rien du roman noir. Je reçois la réponse par retour du courrier, le mardi suivant. Un vrai retour du courrier : Sylvie Guilbert a glissé ma propre lettre dans une enveloppe à mon adresse. Elle a juste écrit ces quelques mots par-dessus : « Cher *Philip*, Le mercredi, je suis prise (comme tous les autres jours). Et j'ai toujours détesté les romans fantastiques. Je n'aime que les auteurs français qui écrivent de vrais livres : Aragon, Montherlant, Radiguet, etc. Merci de ne plus jamais m'importuner. Votre dévouée, etc. »

Il est midi. Je rentre du collège. Ma mère a déposé l'enveloppe dans mon assiette pour qu'elle n'échappe à personne autour de la table. Sa provenance, il est vrai, ne saurait faire de doute : encre bleue, écriture fine, souple et déliée. C'est un courrier féminin. C'est un triomphe familial. Mon père me considère avec fierté. Ma sœur ricane. Ma mère commente : « Il leur fera toutes tourner la tête, ce petit ! » Je rougis violemment. Mes bouclettes vibrent sur ma tempe gauche (pas sur la droite, il n'y en a pas : une fantaisie de la coiffeuse). Je m'empare de la lettre et je m'enfuis pour la lire à l'écart. « Il est tellement beau », dit ma mère.

Trois minutes plus tard je suis de retour, avec une perle de larme au bout des cils. D'aucuns y voient un signe d'émotion amoureuse (c'en est un, mais d'une autre nature). On me demande si *elle* va bien. Je dis oui, *elle* va bien. J'ai une boule dans la gorge, je ne peux rien manger. « C'est l'amour, ça », dit ma mère qui me ressert une louche de petit salé aux lentilles avec un clin d'œil complice. Et elle répète, les yeux rêveurs : « Oui, c'est l'amour. »

Ou peut-être Aragon ?

Ou encore Montherlant ?

Ou Raymond Radiguet ?

*

J'ai pensé à Sylvie Guilbert pendant les trois années qui ont suivi. Sans plus jamais lui adresser la parole. J'ai lu tout Aragon, tout Montherlant, tout Raymond Radiguet. Et quelques autres pour être prêt. J'étais

28

convaincu que j'allais retrouver Sylvie Guilbert, plus exactement qu'elle viendrait tôt ou tard se jeter à mes pieds. Je voulais l'amener à résipiscence. Comment ? J'allais devenir un très grand écrivain français, j'écrirais de vrais livres, elle ne pourrait pas ne pas m'admirer. J'étais déjà français, c'était un bon début. Après tout, c'était le seul élément qui ne dépendait pas de moi et je l'avais en ma possession dès le départ. Il y avait de quoi se sentir encouragé. Pour le reste, il suffisait de travailler, de ne pas ménager mes efforts et tout viendrait à son heure : les publications, le succès et les remords de Sylvie Guilbert.

Les années ont passé. J'ai découvert qu'elle s'était amourachée d'un autre type. C'était un de mes amis, il me semble, impossible de me le rappeler (curieux tout de même, ces défaillances de la mémoire). Tout le monde le savait, au collège. J'étais le seul à ne pas m'en être rendu compte (vraiment agaçant, j'ai son nom sur le bout de la langue). Je ne l'ai appris qu'après l'histoire de la lettre et ma déconvenue (tant pis, ça me reviendra tout à l'heure). Je les voyais roucouler tous les deux dans la cour, dans la rue, partout. Ils devaient m'apercevoir aussi, c'est du moins ce que je supposais parce qu'ils riaient de bon cœur à chaque fois.

Une fois entrés au lycée, nous nous sommes perdus de vue. Je suis allé dans un établissement du centre-ville. J'ai fait d'autres rencontres, de nouvelles lectures. J'ai jeté mon appareil dentaire à la poubelle où il a rejoint mon pantalon à pattes d'éléphant. Je suis allé chez un coiffeur pour hommes qui me coiffait comme John Travolta. J'ai oublié l'existence des lèvres molles de Sylvie Guilbert. Rigot! Patrick Rigot! C'était le gros Rigot qui sortait avec elle! (je vous l'avais bien dit que c'était mon ami). Ça n'a pas dû être facile pour lui, parce qu'il a peu à peu cessé de voir ses anciens copains. En tout cas, moi, il ne me disait plus bonjour (c'est tyrannique, l'amour exclusif, j'étais bien aise de ne pas me colleter ce fichu problème de couple, avec toutes ces difficultés sentimentales que j'avais déjà tout seul).

Une page s'est tournée sur mes souvenirs d'enfance. Il m'en est resté quelque chose : je n'ai plus jamais cessé d'écrire. Quant à Sylvie Guilbert, j'ignore ce qu'elle est devenue. Je sais seulement qu'elle n'est pas restée avec le gros Rigot. On m'a dit qu'elle lui reprochait de ne rien connaître à la littérature japonaise, Mishima, Kawabata, les haïkus, etc. C'est un peu triste. D'ailleurs, il est mort quelques années plus tard d'une manière assez tragique. Après leur rupture, il avait décidé de tirer parti de son physique de colosse. Faute de maîtriser les lettres étrangères, il s'était lancé dans le body-building. Il est entré dans le cycle des prises de poids entrecoupées de cures d'amaigrissement. Il paraît que c'est indispensable pour assécher la musculature avant les compétitions. À vingt-huit ans, son cœur l'a lâché brutalement. Il s'est écroulé un soir dans son living-room, les bras en croix sur le tapis. Je l'ai appris par les journaux quelques jours plus tard. Vraiment triste. Ça m'a flanqué un sacré coup.

Je ne l'avais jamais tellement aimé, moi, le gros Rigot.

Leçon 2

L'écriture

Le problème majeur de l'écriture, c'est que le téléphone sonne. En ce sens, je peux dire que l'écriture a transformé ma vie. Elle a développé chez moi une sainte horreur de ces machines à touches grâce auxquelles n'importe qui est susceptible de vous convoquer de n'importe où comme un laquais.

Quand j'ai commencé mon premier roman, j'avais la trentaine. Mes rapports avec les télécommunications étaient encore cordiaux. Je ne figurais plus dans l'annuaire depuis une série d'appels anonymes, de longs silences langoureux, très féminins, qui me paraissaient d'une extrême sensibilité et des plus féconds sur le plan de l'échange, mais ma femme n'était pas d'accord.

Je m'étais donc inscrit sur la liste rouge. Inutile de me chercher dans le bottin : Phil Dechine était désormais aux abonnés absents. Incognito avant même d'être célèbre, c'était ce qui s'appelle de la prévoyance. Cela ne m'empêchait pas de demeurer d'une grande disponibilité pour l'humanité en général et pour ceux qui avaient mon numéro en particulier. Mes proches m'appelaient quand ils voulaient. Mon épouse leur répondait la première en disant que je n'étais pas là. Quand ensuite elle me les passait, je faisais : « oui, non, peut-être. » J'avais une qualité d'écoute incroyable. J'aimais communiquer avec les gens.

Je pensais souvent à cette phrase apprise à l'école : « Rien de ce qui est humain ne m'est étranger. » C'est Térence, un type de l'Antiquité qui avait dit ça. Et il n'avait même pas le téléphone. C'est dire si les types de l'Antiquité étaient forts.

D'ailleurs, je m'étais mis à vivre comme eux. Je me levais à l'aube. Un sage de l'Antiquité se lève toujours à l'aube. Un sage de l'Antiquité se dresse sur son séant au *gallicinium*, le premier chant du coq. À cet instant précis, je bondissais hors du lit et, vu que je n'avais pas de coq, je donnais un grand coup de poing sur le radio-réveil à cassettes où j'avais enregistré une de ces stupides bestioles s'époumonant pendant vingt minutes.

Je passais ensuite en souplesse à la salle de bains. Je déjeunais sans claquer les placards. Je marchais sur la pointe des pieds. Je tenais à être exemplaire. Chacun dans la maison devait savoir que le silence était la chose la plus précieuse et la plus respectable au monde. Puis j'entrais dans mon bureau en hurlant : « JE VAIS ÉCRIRE ! »

Cela provoquait une brève agitation dans les chambres.

Ma fille comprenait qu'elle pouvait jouer deux ou trois heures avec des objets mous avant de partir à l'école. Ma femme profitait de ce temps disponible pour corriger des copies en évitant de faire crisser sa plume. Mes exigences n'avaient rien d'excessif. Du moment qu'on ne respirait pas derrière ma porte, j'étais content.

Le respect des miens alors me stimulait. J'écrivais comme une brute. Toute cette paix, tout ce bonheur ! Quand mon épouse partait travailler, j'avais déjà fixé l'écran de mon ordinateur pendant plusieurs heures. « Ça avance ? » me disait-elle par la porte entrouverte avant de s'en aller. « Et comment ! » répondais-je avec fierté. J'avais le regard rouge et idiot d'un fumeur de cannabis.

Dès huit heures trente, la situation se gâtait.

J'étais seul dans la maison. Le téléphone se mettait à sonner. Il se trouvait au rez-de-chaussée, mon bureau à l'étage. C'était insupportable d'entendre ce grelot électrique avec personne à proximité pour répondre. J'abandonnais mon écran, je dévalais les escaliers et j'allais m'asseoir à côté de l'engin qui me défiait. Il sonnait et sonnait. Je le toisais avec un regard intense, saturé de mépris. Il sonnait encore. Il sautait sur lui-même tel un chat hystérique. Je ricanais de son audace. Nous nous livrions une lutte sans merci. C'était toujours moi qui l'emportais.

Il finissait par rendre un dernier soupir.

Son petit corps lamentable s'immobilisait.

C'était si triste.

Pauvres types, je me disais. Pauvres téléphoneurs de huit heures trente. Ils s'imaginent pouvoir disposer de moi à volonté ! Il est vrai qu'ils ne savent pas, il faut leur pardonner. Ils ignorent que j'ai une œuvre à accomplir. Quand on commence à téléphoner tous azimuts à huit heures trente du matin, c'est qu'on n'a pas d'œuvre à accomplir. J'avais une pensée émue pour mes adversaires, ces hommes petits et sans but. Je les plaignais pour l'échec cuisant qu'ils venaient de subir. Je pensais au génie des types de l'Antiquité. Je pensais à Térence, je pensais à la liste rouge intégrale : pas de téléphone du tout. Mais pas de téléphone du tout, c'était presque trop facile. C'était quasiment de la lâcheté. Moi, j'avais le goût de la lutte. J'avais la guerre dans le sang.

Après chacune de mes victoires, je regagnais mon bureau, remonté à bloc. Je reprenais mon travail. Rien ne pouvait faire obstacle à ma création. Ma détermination froide et implacable m'effrayait moi-même. Intransigeance totale, volonté de fer. Dès que la sonnerie retentissait, je me ruais sur l'appareil pour un autre duel.

J'arrivais essoufflé, un sourire au coin des lèvres, prêt à en découdre. Je m'asseyais à côté du poste. Ses glapissements avaient une régularité de métronome. Je les écoutais mourir sans la moindre pitié. Quand il s'éteignait, je me mettais à trembler des pieds à la tête. J'étais le maître, j'étais invincible ! À ma place, même Térence aurait décroché ! (Les types de l'Antiquité ne pouvaient pas être forts partout.)

Quelquefois, ça ne sonnait pas. Je trouvais ça bizarre. Peut-être s'était-on aperçu que j'avais une œuvre à accomplir ? J'étais graphiste professionnel dans le conditionnement de produits alimentaires. Je créais des illustrations et des lettrages originaux pour les paquets de purée ou de macaronis qui échouent sur votre table à l'heure du dîner. Je travaillais en *free-*

lance, mon agent me dégotait des clients. Parfois, les boîtes de marketing me contactaient sans intermédiaire. C'était d'un ennui vertical.

Depuis quelque temps, je m'étais mis à joindre à mes livraisons des courriers étincelants, histoire de montrer où se trouvait ma véritable vocation. J'y glissais des métaphores, des effets de style, des formules poétiques. De la grande littérature. Personne n'avait jamais parlé de purée ou de macaronis en termes si vibrants.

Je m'étonnais cependant que mes clients aient pu se donner le mot aussi vite. Le téléphone restait muet. Avaient-ils réellement l'intention de me laisser en paix ? S'étaient-ils concertés pour me permettre de me consacrer à l'édification de mon œuvre ? Cela cachait plutôt quelque chose. Je soupçonnais une manœuvre, un coup tordu.

Je restais le doigt en suspens sur le clavier de l'ordinateur. Je descendais une demi-douzaine de fois pour m'assurer que l'appareil était bien raccroché. Je soulevais le combiné et le reposais avec délicatesse jusqu'à entendre le déclic. Puis je collais mon oreille contre le boîtier pour vérifier qu'il ne s'en échappait aucune tonalité. J'étais furieux.

Cette façon qu'ils avaient tous de ne pas m'appeler ! Encore plus pervers que leur insistance habituelle ! C'était inadmissible ce harcèlement muet, pire que tout ! Je me demandais ce que les types de l'Antiquité auraient inventé contre ça. Peut-être qu'ils auraient mis au point un moulin à paroles, un téléphone capable de commenter la couleur du ciel pendant des heures ou de vous raconter des événements lointains qui ne vous concernaient pas. Peut-être qu'ils auraient appelé ça la radio.

Lorsque l'engin se remettait à sonner, je poussais un soupir de soulagement. Mes adversaires étaient revenus. Je les remerciais de reprendre le combat avec des armes loyales.

Et je continuais de ne pas répondre.

En fin d'après-midi, quand ma femme rentrait du lycée, elle me disait : « tu es sorti aujourd'hui ? » Je m'exclamais : « rien du tout ! J'ai travaillé comme un dingue. » Elle faisait : « oh parfait, tu es content ? » Je criais : « rien du tout ! Ça n'a pas arrêté de sonner. » Elle s'étonnait : « tu répondais donc ? » J'exultais : « rien du tout ! S'ils croient que je vais me laisser distraire ! »

Elle prenait un air satisfait : « c'est donc pour ça que je n'arrivais pas à te joindre. » Et elle passait à autre chose.

Parfois elle me demandait combien de pages j'avais écrites. Et là, j'étais moins fier. Je répondais : « rien du tout » d'un air piteux. Et c'est vrai que ça n'avançait pas avec toutes ces forces hostiles, tous ces hommes petits qui se dressaient sur mon chemin. Il fallait absolument que je fasse quelque chose. Il fallait que je passe la vitesse supérieure.

J'ai acheté un répondeur.

*

Les premiers temps, avec mon répondeur, j'étais le roi du monde. Un Philips TD 9360 interrogeable à distance, télécommandable par fréquences vocales et protégé par code d'accès confidentiel.

Je l'appelais Gordon.

Gordon veillait à ma tranquillité d'esprit avec un professionnalisme irréprochable. Il se chargeait du sale boulot. Il répondait aux importuns, il prenait courtoisement leurs messages. Quand c'étaient des fâcheux, du genre intarissable, il leur claquait le beignet avec élégance sous prétexte que leur temps de parole était épuisé. Il m'avertissait ensuite d'une manière feutrée sans jamais me déranger par un clignotement silencieux de sa diode rouge.

Gordon était méthodique, Gordon était fiable, Gordon était d'une discrétion absolue. C'était le domestique idéal. Il me libérait des tracas qui jaillissaient à flots de ma prise téléphonique. Je pouvais ainsi me consacrer aux choses de l'art.

Aujourd'hui, je peux l'avouer : je n'ai jamais si bien écrit que durant les premières semaines où j'ai eu Gordon. J'étais d'une sérénité inébranlable. Je distribuais mon numéro à tout va. Ça ne me gênait plus. «On n'est plus sur liste rouge ?» me demandait ma femme. Je pouffais. «Si, mais il y a Gordon, je lui disais, il n'y a rien à craindre.» J'étais devenu très sage. Un vrai type de l'Antiquité. Je passais de longues heures dans mon bureau à composer cette immense fresque de plusieurs milliers de feuillets qui, après quelques retouches, deviendrait un jour mon premier roman de quatre-vingt-cinq pages.

Quand j'avais fini de travailler, je lisais Sénèque. *J'étais* Sénèque. J'étais un philosophe stoïcien. Un miroir lacustre que pas un souffle de vent ne ridait.

Lorsque ma femme rentrait, elle me disait : «j'ai essayé de te joindre aujourd'hui.» Je la regardais avec calme. «Vraiment?» (Une immense plénitude se lisait dans mes yeux). «Oui, elle ajoutait. Je t'ai laissé quatorze messages. Tu ne crois pas que tu pourrais les consulter de temps à autre?»

Je jetais un coup d'œil amusé à Gordon. C'est vrai qu'il clignotait comme un beau diable, ce brave Gordon. Sa petite diode s'allumait avec un admirable respect pour ma tranquillité d'artiste. Je me retournais vers mon épouse, je la considérais avec sollicitude, un sourire dessiné sur mes lèvres. «Ma chérie, je lui disais, aucun sage ne s'abaissera jamais à se dire "à demi libre" ». C'était une citation de Sénèque (*De brevitate vitae*, V, 3).

Mais ma femme n'était pas réceptive. Elle s'énervait. Elle lançait quelques propos bien sentis au sujet de l'oisiveté, du fait qu'on ne pouvait rien me demander et des courses qui n'avaient pas été faites. Je la contemplais avec compréhension et bonté. Je la plaignais à part moi de ne pas avoir accès à la philosophie édifiante des sages stoïciens.

Elle filait à la cuisine préparer le repas en remorquant les sacs de provisions achetées sur la route. «Songe qu'au temps où les dieux nous étaient favorables, ils étaient faits d'argile!» je lui criais la main en porte-voix tandis qu'elle s'éloignait. C'était encore du Sénèque (*Lettre à Lucilius*, XXXI).

Elle ne prenait pas la peine de répondre. C'était l'heure du mixeur, des beuglements de ma fille, des aboiements des chiens. Ma journée était finie. Je prenais un peu de repos, je l'avais bien mérité. Je relisais les pages que j'avais écrites. Elles me faisaient rire aux larmes. J'étais en joie jusqu'à la nuit.

J'allais saluer mon bon Gordon. Sa diode m'adressait par intermittence des séries de quatorze clins d'œil. Quatorze messages désormais inutiles.

Je les effaçais un par un sans les écouter.

Très vite, j'ai considéré Gordon comme mon meilleur ami. Ce fut sans doute ma plus grave erreur. Cela a commencé le jour où j'ai repéré le bruit qu'il produisait en prenant un message. Il y avait d'abord un premier déclic qui correspondait au déclenchement de l'annonce, puis un double claquement sec qui indiquait le début de la phase d'enregistrement et, pour finir, le ronronnement régulier du rembobinage de la bande.

La première fois que j'ai remarqué cette succession de sons étranges, j'étais dans mon bureau. Je n'avais Gordon que depuis deux semaines. J'ai été pris de terreur. Je croyais qu'il était arrivé quelque chose à Gordon. Je croyais que quelqu'un s'était introduit chez moi et tentait de me l'enlever en arrachant ses câbles de raccordement. Et ce pauvre Gordon si discret, si dévoué, qui ne pouvait se défendre, qui s'interdisait même de m'appeler !

J'ai descendu les escaliers quatre à quatre, le souffle court. Mon cœur bondissait dans ma poitrine. J'ai trouvé Gordon qui clignotait, égal à lui-même, sur le scriban de l'entrée. J'ai soulevé le capot en bakélite gris-noir et j'ai vu la minicassette qui tournait.

« Salut, Gordon, j'ai fait. Ça va comme tu veux ? »

La diode m'a adressé un clin d'œil. Une diode rouge vif, malicieuse, incroyablement sympathique.

C'est à ce moment que ça a dérapé.

Je n'ai plus été capable d'écrire. Dès que j'entendais Gordon se mettre en marche, je fonçais pour m'asseoir à côté de lui. Je laissais tomber mon ordinateur, mon roman, la phrase que j'étais en train d'écrire ou Sénèque au milieu d'une page. Je regardais Gordon fonctionner. Je voulais tout savoir de lui. Qui il était, d'où il venait, quelle était sa vision de l'existence. Alors que j'étais censé travailler à l'édification de mon œuvre, je passais des heures à me documenter sur Gordon.

J'ai fini par ne plus le quitter. Le matin, j'attendais que ma femme et ma fille soient parties. J'allais m'installer à côté de lui avec des provisions, une bouteille d'eau, quelques biscuits secs et le manuel d'utilisation. Il me paraissait normal de tout partager avec Gordon. Il n'y avait pas de raison que je le laisse affronter seul les commandos de téléphoneurs de huit heures trente.

Bientôt, j'ai commencé à appuyer sur la touche « filtrage » et à écouter en direct les messages que laissaient nos interlocuteurs. Ça faisait : « as-tu pensé à décongeler le rôti pour ce soir ? » Ça faisait : « peux-tu acheter une baguette de pain ? » Ça faisait : « n'oublie pas de lancer le lave-linge. » Gordon et moi, on se regardait. Je lui demandais : « qu'est-ce que tu en dis, toi, Gordon ? » Il me faisait trois clins d'œil. Et j'effaçais les messages.

Bien entendu, avec un tel travail défensif, je n'écrivais plus une ligne. On ne peut pas à la fois s'intéresser aux techniques de communication et à la littérature. Ce sont deux choses totalement incompatibles.

Ma femme n'appréciait la situation qu'à moitié. Elle

me disait : « et ta vocation d'écrivain ? » Elle me disait : « et ton roman ? » Elle me disait : « et le lave-linge ? » Je répondais oui, bien sûr, tu as raison, mais Gordon et moi, nous avons affaire à forte partie. Nous devons faire face à un formidable tir de barrage, un énorme scénario invasif. Je ne sais pas si tu es au courant, mais le téléphone crépite à partir de huit heures trente.

Un jour, je lui ai asséné une vérité stratégique capitale. « Tu comprends, lui ai-je dit, la mise en place d'un périmètre sécurisé est le préalable indispensable à une bonne création. » Ce jour-là, ma femme m'a observé d'un drôle d'air. Elle semblait rire en douce. Elle a fait en sorte que je perçoive son regard posé avec insistance sur mon bras droit. Mon bras droit enlaçait les petites épaules de Gordon. Elle m'a fait : « examine seulement à quel prix tu vends ta personne morale. » Elle a ajouté : « du moins, homme, ne la vends pas pour rien. »

Ça m'a rudement secoué.

C'était de la sagesse stoïcienne.

Elle venait de lire Épictète (*Entretiens*, I, 2, 33).

Là, j'ai compris que je devais réagir. Ça ne pouvait plus durer. Il fallait que je me sépare de Gordon. J'ai dit à ma femme, les larmes aux yeux : « tu as gagné, emmène-le loin, très loin, je ne veux pas voir ça. » J'ai pleuré toute la nuit. Le lendemain, sur le scriban de l'entrée, la place de Gordon était vide. Je suis remonté dans mon bureau, le cœur serré. J'étais seul maintenant. Seul face à mon destin.

C'était ça, la vie d'artiste.

Les sacrifices de la création.

L'ennui, c'est que ça ne réglait pas mon problème de téléphone. D'autant qu'avec Gordon, je m'en étais donné à cœur joie. Mon numéro sur liste rouge s'était répandu dans la nature avec la vitesse d'un produit phytosanitaire sur une culture subventionnée. C'est bien simple, si j'avais possédé les coordonnées de tous ceux qui savaient où me joindre, j'aurais pu réinventer l'annuaire.

Au résultat, ça sonnait à longueur de journée. Et comme le secours de Gordon avait amoindri mes facultés de résistance, je décrochais sans réfléchir. Je portais le combiné à mon oreille en disant «allô» comme un automate. À l'autre bout, ça faisait : «j'ai dit au plombier de passer ce matin.» Ça faisait : «mets la pizza au four.» Ça faisait : «et n'oublie pas le linge.»

Ça aussi, ça ne pouvait plus durer. Il fallait *vraiment* que ça change.

J'ai fait installer une seconde ligne téléphonique.

*

Entre ma femme et moi, les choses étaient bien claires. Personne, absolument *personne* parmi mes relations professionnelles ne devait connaître l'existence du numéro privé (celui sur liste rouge). Personne, absolument *personne* parmi nos proches ne devait connaître l'existence du numéro professionnel (celui de l'annuaire). C'était une stratégie de cloisonnement redoutable. Une procédure d'identification d'une simplicité diabolique qui me permettait de connaître dès la première sonnerie la qualité de l'assaillant. J'avais voulu appeler ça le *Global Positioning System* (GPS), mais ma femme prétendait que c'était déjà pris. Alors je l'ai appelé la CIA (*Control Invaders Alarm*).

En théorie, grâce à ce moyen ingénieux, il ne pouvait rien m'arriver. Quand ça sonnait sur ma ligne professionnelle (appareil n° 1), c'étaient des importuns. Il n'était pas question de répondre. Quand ça sonnait sur la ligne privée (appareil n° 2), c'étaient des maladroits. Il n'était pas question de répondre non plus. De cette façon, la riposte était toujours proportionnée à l'intensité de l'attaque. Désormais, chez moi, ça ne répondait plus du tout. Il fallait que les autres s'y fassent. Je me consacrais à l'écriture.

Le soir, ma femme prenait les appels. Seulement sur la ligne privée. Ma ligne professionnelle lui était interdite. Cela créait parfois de légères tensions entre nous. Après avoir couché la petite, nous restions au salon deux ou trois heures, installés sur de gros fauteuils. J'étais plongé dans Marc Aurèle. Elle corrigeait des copies. Quelque part dans la maison, une sonnerie retentissait.

«C'est pour toi», faisait mon épouse en continuant de griffonner. «Certainement pas», je disais sans lever le nez de mon livre. «C'est ton téléphone», précisait-elle, le visage impassible. «Qu'est-ce que tu en sais», je demandais en tournant une page. «C'est le timbre de l'appareil n° 1», murmurait-elle. Sa main courait sur un devoir. «Tu te trompes, je répondais. L'appareil n° 1 a une sonorité plus grave que l'appareil n° 2.» Je finissais un chapitre, elle mettait une note au crayon. «Je ne serais pas si catégorique, reprenait-elle. L'appareil n° 2 vibre davantage, mais stridule beaucoup moins. »

Souvent, notre controverse se poursuivait longtemps après que la sonnerie se fut arrêtée.

Ou alors, ça sonnait pendant dix bonnes minutes sans que personne ne lève la tête, ne dise un mot ou n'esquisse un geste pour aller répondre. Je pensais : « C'est pour elle. Ça stridule. C'est l'appareil n° 2. » Je l'entendais qui pensait de son côté : « C'est pour lui. Ça vibre. C'est l'appareil n° 1. »

De guerre lasse, l'appareil n° 1 et l'appareil n° 2 finissaient par s'interrompre. Elle corrigeait ses copies avec enthousiasme en les ornant de splendides enluminures rouges. Je me délectais de Marc Aurèle en poussant quelques soupirs de satisfaction. Nous demeurions l'un et l'autre dans un silence merveilleux et complet.

Un jour, ma femme en a eu assez. Et quand elle en a assez, ma femme a des arguments très convaincants. Elle m'a dit : « ta ligne professionnelle ? » J'ai dit : « oui ? » Elle a dit : « tu ne réponds jamais ? » J'ai fait : « non, bien sûr, pour quoi faire ? »

Là, elle a tenté de marquer un point. « Si tu ne réponds pas, pourquoi payer un abonnement ? » Mais j'avais prévu la parade. « Ça rassure les gens d'avoir un numéro, je lui ai rétorqué. Ils ont besoin de savoir qu'ils peuvent vous joindre. » J'ai vu une flamme briller dans ses yeux. Elle m'a dit : « ils *peuvent*, mais ils n'y arrivent pas. » Sa remarque m'a amusé. En croyant saper mes positions, elle ne faisait que les renforcer. Elle entrait dans la logique de mon système.

« Ah ah, j'ai fait. Bien sûr que non, ils n'y arrivent

pas. C'est là toute l'astuce. Leur laisser croire qu'ils en ont la possibilité, ne jamais leur permettre de la réaliser. » Ma femme m'a lancé un regard fulgurant. « Ah bon ? elle a dit. Alors pourquoi tu ne leur donnes pas un faux numéro ? »

Cette fois, le coup a été efficace. J'ai essuyé un K.-O. technique.

J'ai dit : mmoui.

J'ai dit : c'est une solution.

J'ai dit : je vais y réfléchir.

Le lendemain, je lui présentais un nouveau plan de défense stratégique. J'y avais pensé toute la nuit. Je devais admettre que la CIA avait atteint ses limites. Si d'un côté, mon œuvre était en train d'accomplir un bond considérable, d'un autre côté, ma vie de graphiste avait connu des périodes plus fastes. Mon agent ne me proposait plus rien : ni paquets de macaronis, ni boîtes de purée, ni sachets d'épinards. Une restructuration complète de mon système s'imposait.

J'ai donc décidé de compartimenter mes journées. Le matin, je débranchais tout et je me vouais à l'écriture. L'après-midi, je répondais sur ma ligne professionnelle. Le soir, je la déconnectais et mettais notre ligne privée en service. Ça a l'air compliqué comme ça, mais je vous assure que c'est le procédé anti-intrusion le plus efficace qu'on ait jamais inventé. Honnêtement et sans vouloir paraître présomptueux, c'est un système qui a beaucoup fait pour la littérature.

Sauf que tout système de protection, si sophistiqué soit-il, comporte une faille. Et le mien n'échappait pas à la règle. Le jour suivant, en milieu d'après-midi, je suis en train de lire Zénon. Le téléphone sonne. Je décroche. À l'autre bout, ça fait : « as-tu pensé à acheter une pizza ? » Ça fait : « si tu pouvais rentrer le linge. » Ça fait : « il y a du courrier ? »

Je me contiens mal : « mais enfin, tu sais bien que c'est ma ligne professionnelle ! » Je me mords aussitôt les lèvres. C'est une riposte très faible, j'en ai conscience. L'argument n'est pas de taille à démonter ma femme. Ma femme dit : « nous avons un problème. » Elle ajoute : « un petit problème de cloisonnement. » Elle précise : « je te joins comment dans la journée ? »

J'en suis resté sans voix.

Je n'avais pas pensé à ça.

Un sacré *bug* dans le système. Le soir, j'ai lu quelques lignes de Cicéron. Mais le cœur n'y était pas. Je me sentais découragé. Ma femme corrigeait sa liasse de copies vespérale. Elle me jetait des coups d'œil par en dessous. Il me semblait percevoir une certaine malice sur son visage. Elle devait vivre un grand moment de triomphe.

Soudain, elle a saisi un paquet dissimulé sous son fauteuil. Elle me l'a tendu en riant. Il était enveloppé dans un papier cadeau aux couleurs chatoyantes comme une toile de Klimt. Je l'ai saisi avec méfiance. Elle riait, elle riait. Je me demandais ce que ce geste signifiait. Elle riait tant qu'elle pouvait.

Elle m'avait acheté un portable.

Leçon 3

Le manuscrit

Quand mon premier roman a été achevé, les lettres d'éditeurs se sont mises à pleuvoir. Elles tombaient les unes après les autres dans ma boîte. Je n'en croyais pas mes yeux. Quatre ans plus tôt, je m'étais retiré à la campagne pour composer mon œuvre. J'avais réussi à me protéger de la pression que subit à Paris un graphiste *free-lance* et j'avais réduit mon travail alimentaire au minimum. Mon agent me décrochait quelques commandes que j'exécutais rondement. J'envoyais les graphismes d'emballage à mes clients par courrier électronique. Le reste du temps, j'étais libre de me consacrer à l'écriture. À force de ténacité, j'avais fini par produire un manuscrit de deux mille cinq cents feuillets.

Et maintenant l'heure du miracle était venue.

Le matin, sur le coup de dix heures, j'allais prendre l'air. Je me dirigeais vers le portail en sifflotant, les mains dans les poches. J'étais un grand écrivain pendant sa pause. Un grand écrivain qui détendait un peu ses jambes entre deux plages de création.

Quand j'arrivais devant la boîte aux lettres, je me frappais les tempes d'un index significatif. Je levais les bras au ciel. Je posais les poings sur mes hanches en hochant la tête. Bref, j'avais l'air de me rappeler un détail.

Je me rappelais que le facteur était passé.

C'est drôle quelquefois comme on se souvient des choses. C'est ce que devaient se dire les voisins en m'observant depuis la colline d'en face. Ce Phil Dechine quand même, il est pas fier ! Le voilà qui se promène dans son jardin entre deux plages de création et, comme ça, sans transition, il pense à son courrier. Quelle simplicité pour un grand écrivain ! Quel homme sympathique ! Il faudra penser à acheter son livre !

Moi, je palpais les poches de mon pantalon avec des mouvements amples de busard se battant les flancs. Je découvrais avec surprise que j'avais mes clefs sur moi. Je faisais de petits bonds. J'éclatais de rire, dos cambré, tête renversée, dents au soleil, plein d'amitié pour moi-même : quelle tête de linotte, je faisais ! J'avais emporté mes clefs par mégarde ! Et comme ça, machinalement, entre deux plages de création, sans même m'en rendre compte !

Sur la colline d'en face, mes voisins en étaient émus aux larmes. Ils appelaient leurs propres voisins et leur passaient leurs jumelles pour qu'ils viennent voir. Regardez, Phil Dechine, ce qui lui arrive ! Il vient de sortir pour détendre ses jambes et, tout à coup, il trouve ses clefs dans ses poches, juste au moment où il s'approche de sa boîte aux lettres ! Si c'est pas croyable d'être aussi simple, un grand écrivain comme ça ! Il faudra qu'on vous offre son livre !

J'ouvrais la boîte et il y en avait presque toujours une dedans.

Une lettre de Paris.

Je m'en emparais et la tenais à bout de bras. Je la rapprochais plusieurs fois de mon nez comme pour une mise au point difficile. J'examinais le cachet de la poste, le nom et l'adresse de l'expéditeur. Pas de doute, ça venait de Paris. Déjà, c'était magnifique. J'étais ébahi. Je me frappais le front. Je m'arrachais les cheveux. J'offrais mon meilleur profil à la colline d'en face.

Enfin, j'ouvrais l'enveloppe. Je lisais la missive.

Et j'explosais de bonheur tel un elfe au crépuscule.

J'effectuais quelques sauts de carpe, deux ou trois roulades paraboliques, je courais fou de joie vers la maison où je disparaissais après une dernière série d'entrechats. Chez mes voisins, l'émotion était à son comble. Ils préparaient les bulletins de souscription. Ils débouchaient le champagne. Une formidable chaîne d'amitié était en train de se mettre en place.

J'étais dans un ravissement extrême. Un peu comme si j'avais reçu une offre mirobolante de France Télécom. Un peu comme si j'avais été sélectionné pour le grand tirage de *Sélection du Reader's Digest*. Ou pour la finale *des Chiffres et des Lettres*.

Un grand éditeur de Paris m'avait écrit.

Je m'asseyais sur une chaise pour reprendre mes esprits. Je relisais vingt fois la lettre sans y croire. J'attendais que mon téléphone portable sonne. Et forcément, à un moment ou à un autre, il se mettait à sonner. Je m'empressais de répondre. Au bout du fil, ça faisait : « tu as acheté des couches pour la petite ? »

Ça faisait : « tu as pensé à appeler l'électricien ? » Ça faisait : « tu as réparé la porte du placard ? »

C'était ma femme.

Nous venions d'avoir une deuxième fille.

Elle était très préoccupée par les problèmes logistiques.

Je lui disais : « tu ne devineras jamais ce qui m'arrive. » Elle me répondait : « tu viens de faire la vaisselle ? » Je disais : « non, ne sois pas bête. » Elle demandait : « tu as passé l'aspirateur ? » Je riais de bon cœur : « sois sérieuse, je t'en prie » (ma femme a beaucoup d'esprit). Elle ajoutait : « à moins que tu aies sorti les poubelles… » (vraiment tordante, je vous dis). « Non, non, tu n'y es pas, je faisais. J'ai reçu une lettre d'un grand éditeur. » Je laissais passer un silence. Puis je précisais négligemment : « de Paris. »

Je sentais qu'elle était soufflée. Je sentais que j'allais être exonéré de vaisselle et d'aspirateur jusqu'à la fin de mes jours.

« Quel éditeur ? » elle faisait (elle ne riait plus maintenant).

« Grasset », je répondais (j'étais d'un laconisme effroyable).

« Alors ? » demandait-elle (elle contrôlait mal son anxiété).

« Mon manuscrit a retenu leur attention », disais-je sobrement.

« Ils le publient ? » continuait-elle à bout de nerfs.

« Euh, non, ils me conseillent d'aller voir un confrère. »

Je toussotais. Il y avait un blanc.

(blanc)

Elle reprenait : « bref, c'est un échec. » Un échec ?
J'explosais de rire. Elle demandait : « qu'est-ce qui
t'arrive ? » Je me tenais les côtes, plié en deux. « Rien,
je disais, houhouhou. » Elle insistait : « mais si, qu'est-
ce que tu as ? » J'avais du mal à reprendre mon
souffle : « non, c'est à cause de Balzac. » Elle ne
comprenait pas. « Balzac ? » Je hoquetais : « oui-hihi,
Balzac... » Elle s'impatientait : « eh bien ? » Entre
deux spasmes, je murmurais :

« Son premier texte... »

« Oui ? »

« Son père l'avait soumis à un académicien... »

« Et alors ? »

« Il avait répondu : "L'auteur doit faire quoi que ce
soit, excepté de la littérature." Il s'appelait François-
Guillaume Andrieux. Personne ne se souvient de son
nom. »

Et j'éclatais de rire à nouveau.

*

La semaine suivante, je faisais ma pause d'écrivain
dans la robe de chambre de Balzac. Je marchais d'un
pas de sénateur dans mon jardin, en moulinant du poignet avec une réplique de sa canne à pommeau. Je
veillais à ne pas lever mes pieds trop haut de crainte
d'envoyer une de ses babouches sur orbite.

Parvenu à proximité de ma boîte aux lettres, je
reprenais ma fameuse chorégraphie : et un ! doigt au

front, et deux ! bras levés, et trois ! palpation des poches, et quatre ! découverte des clefs (c'était la partie rythmique). J'ouvrais la boîte, je prenais la lettre, je la lisais bras tendus l'air aussi stupéfait que possible (c'était la phase lente). Et soudain, je courais vers la maison en virevoltant dans les airs, en poussant force cris de joie (c'était la phase explosive).

À vrai dire, je ne virevoltais pas tout à fait dans les airs. Je faisais de petits sauts de poule effarouchée et il m'arrivait de perdre une savate en chemin (une robe de bure serrée à la taille par une corde à nœuds, si vous croyez que c'est pratique pour un ballet classique). Il ne me restait plus alors qu'à marcher avec une seule babouche et à attendre la nuit pour aller chercher l'autre (Balzac aurait sans doute été plus digne, mais il n'avait pas de voisins sur la colline d'en face).

Ce détail mis à part, je tournais en rond jusqu'à la fin de l'après-midi. Je guettais par la fenêtre le retour de ma femme. La lettre décachetée traînait sur la table de la cuisine. À son arrivée, elle ne pouvait pas la manquer. Elle posait les sacs en plastique pleins à craquer de provisions, deux ou trois paquets de copies à corriger. Elle voyait la lettre. Elle l'attrapait. Elle la lisait, le visage impénétrable.

Je l'observais du coin de l'œil en jouant avec ma fille. «Chat», je faisais d'une voix distraite sans quitter mon épouse des yeux. «Chat.» Ma fille se frappait la tempe de l'index. Elle avait cinq ans maintenant. Elle avait grandi si vite, je ne m'en étais pas rendu compte pendant les quatre ans d'écriture de mon premier roman. «Chat.» C'était bizarre, avant ça la faisait rire.

Ma femme non plus ne riait pas. Elle reposait la lettre sans dire un mot. Elle ouvrait les placards. Elle se mettait à mitonner le repas du soir : tétines de truies, hures de marcassins, tulipes de mer à la graisse d'ours. Je venais de lui offrir un livre de recettes romaines.

« Alors, lui demandais-je, qu'est-ce que tu en dis ? » Elle prenait une expression étonnée. Elle ne voyait pas à quoi je faisais allusion. Je lui rafraîchissais la mémoire : « la lettre. Gallimard, tu as vu. Pas mal, hein ? » Et tout d'un coup, ça lui revenait. Elle faisait : ah oui. Elle faisait : ce n'est pas grave. Elle faisait : ce sera pour la prochaine fois.

Elle reprenait les tétines de truies.

Elle reprenait les hures de marcassins.

Elle les tartinait de miel.

« Ma chérie, je m'écriais. Tu ne comprends pas ce que ça signifie ? Gallimard m'a écrit ! Et pas n'importe qui, pas le portier, pas un vulgaire secrétariat ! Le secrétariat *littéraire* !

– Sans doute, mais ils ne veulent pas de ton livre.

– Mais ça fait rien, ça. C'est pas grave. Puisqu'ils m'ont écrit. Gallimard, tu ne te rends pas compte ! L'éditeur de George-Patrick Stendhal ! L'auteur de *La Saga des escogriffes* ! Tu ne te rends pas compte !

– Je me rends compte qu'ils ne te publieront pas.

– Mais c'est seulement une question de ligne éditoriale ! Regarde, c'est marqué là ! Ce n'est qu'une divergence momentanée ! Tu n'imagines pas la portée de la chose ! Il suffit que demain, ils changent de ligne éditoriale et c'est bon !

– Parce que tu crois que ça figure au programme ?

– Et pourquoi pas ? Pourquoi ils ne changeraient pas de ligne éditoriale ? Qu'est-ce que c'est d'abord une ligne éditoriale ? Ce n'est jamais qu'un mouvement d'humeur. Qui ne change pas de ligne éditoriale de nos jours ?

– Tu ferais mieux de changer de registre…

– Mais puisque je te dis qu'une ligne éditoriale, ça tient à trois fois rien ! Peut-être qu'ils ont ouvert mon manuscrit après un mauvais repas, qu'ils étaient troublés et n'arrivaient pas à me lire. Si ça se trouve, ils ne m'ont même pas lu ! Tu vois bien qu'il s'agit d'un malentendu ! C'est rudement encourageant pour la suite !

– Surtout que c'est le quinzième encouragement que tu reçois », a dit ma femme.

À cet instant, j'ai eu une révélation. J'ai été pris d'un rire convulsif. « Qu'est-ce qu'il y a ? Qu'est-ce qui se passe ? » elle m'a demandé. « Rien, rien, j'ai fait. Ça va aller (houhou). » Je voyais qu'elle avait peur. « Mon Dieu, mais qu'est-ce que j'ai dit ? » J'ai voulu la rassurer. « Ce n'est pas toi (houhouhou)… » Je n'arrivais pas à parler. Je me roulais par terre de rire. « C'est Rimbaud-hoho ! »

Elle m'a regardé avec des yeux ronds.

« Rimbaud ? »

« Ouihihi, Rimbaud ! »

Je ne trouvais plus ma respiration. « Pratiquement impublié au moment de sa mort, houhouhou ! Il n'intéressait personne ! »

J'en pleurais de bonheur.

*

Trois mois après, je m'en allais vers ma boîte aux lettres, les poings dans mes poches crevées. J'étais hirsute, débraillé, j'avais les joues très rouges (tout de même, ce Rimbaud, quel type). Je lançais des regards méprisants vers la colline d'en face. Je m'approchais de la boîte. Je faisais un, je faisais deux, je faisais trois, je faisais quatre ! Et je lisais la lettre. Je la contemplais longuement en ricanant, avec le même pli amer que Rimbaud au coin des lèvres. Puis je la rangeais avec soin dans mon pantalon où elle tombait à terre (puisque j'avais les poches crevées).

Ensuite, je partais pour une journée de marche dans les champs de labour, fonçant droit devant moi tel un poète visionnaire. J'allais de colline en colline en évitant celle d'en face. À midi, je croquais une pomme, je m'allongeais sous un arbre. Et je me remettais à marcher comme un fondu jusqu'au soir.

Quand je rentrais, j'étais crotté et fourbu. Dans mon regard, on voyait tout de suite que j'étais d'un autre monde. Je regardais ma fille avec le détachement paisible et légèrement mélancolique de celui qui revient de loin. Je lui faisais : «chat», juste pour voir. «Chat.» Elle me fixait. «Chat», je répétais. Elle ne réagissait pas. Ma fille chérie, mon bébé. Comme elle avait changé en l'espace d'un roman. Comme quatre ans de discipline littéraire pouvaient vous éloigner d'un enfant. Elle haussait les épaules et me tournait le dos.

J'avisais la petite qui secouait un hochet dans son relax. Je lui donnais une tape sur le ventre en faisant «chat». Et là, ça marchait du tonnerre. Elle produisait des roucoulements et des trilles magnifiques.

À table, je touchais à peine au pudding carthaginois. Un poète visionnaire mène une existence frugale. Un poète visionnaire se nourrit de ses visions. Je disais à ma femme: «tu ne trouves pas que j'ai le regard de Rimbaud?» Elle levait la tête vers moi avec une expression amusée. «Le regard de Rimbaud? elle demandait. Le regard de Rimbaud quand tu me regardes?»

«Non, je faisais, le regard de Rimbaud en général, les yeux de Rimbaud.» Elle se mettait à rigoler. «Mais Rimbaud avait les yeux bleus si je ne me trompe!»

J'étais un peu piqué.

«Je sais bien que Rimbaud avait les yeux bleus! Tu ne vas pas m'apprendre que Rimbaud avait les yeux bleus!» Je n'aimais pas quand elle me prenait pour un imbécile. «Alors pourquoi cette question?» demandait-elle avec une innocence feinte. J'avais tendance à me fâcher. «Pourquoi cette question? Tu demandes: pourquoi cette question? Est-ce que je n'ai pas les yeux vairons peut-être? Est-ce que l'un n'est pas vert et l'autre bleu?»

«Ah oui, c'est vrai», elle disait. Elle faisait mine de s'en souvenir. Je détestais sa mauvaise foi. «Alors, sois honnête, insistais-je. Tu ne vas pas soutenir que je n'ai pas le regard de Rimbaud, du côté droit.»

Elle en était médusée.

Elle cessait de parler. Elle se resservait une part de pudding.

À ce moment-là, je lâchais tout à trac : « ah, je ne t'ai pas dit, j'ai reçu une lettre aujourd'hui. » Sa fourchette s'arrêtait à mi-chemin de sa bouche. J'ajoutais : « un courrier du Seuil et j'aime autant te dire que ça se précise ! » Ma femme faisait : « attends, laisse-moi deviner… » Elle réfléchissait un instant. « Ils ont trouvé ça trop long. » Je gloussais. « Non. »

« Ils ont trouvé ça trop court ? »

« Non plus. »

Je pouffais. Elle tentait à nouveau sa chance. « Trop triste ? » Non. « Trop gai ? » Nonon. Je sentais monter une envie de rire irrépressible. Elle essayait autre chose. « Pas assez ponctué ? » Hoho non. « Trop de virgules ! » Huhu, tu n'y es pas. Elle essayait tout ce qu'elle pouvait. Elle me faisait de la peine. J'ai voulu abréger ses souffrances. « Ils ont beaucoup aimé », j'ai fait. Elle m'a jeté un regard méfiant. Je ne pouvais m'empêcher de sourire. Je savourais mon triomphe.

« Alors, ils te le prennent ? » a-t-elle fini par demander.

Et là, je lui ai rivé son clou.

« Bien sûr que non ! j'ai crié, ravi de la moucher. Ce sont des professionnels. Si tu crois que ce sont des gens à s'engager à la légère ! Tu veux peut-être que je travaille avec des escrocs ? » Elle a piqué un morceau de pudding dans son assiette. Je jubilais : « il ne manquerait plus que ça qu'ils me publient sans me connaître ! Ce sont des pro-fes-sio-nnels ! »

Elle a repris d'une voix hésitante : « mais tu m'as dit qu'ils avaient aimé » (je sentais qu'elle était troublée).

J'ai répondu : « ils ont aimé, mais ils ne sont pas sûrs que le public en fasse autant. »

« Ah bon ? elle a fait. Ils ont aimé, mais ils ne te publient pas ? »

« Non. Ce sont des professionnels, je te dis ! »

Cette fois, je l'avais touchée. Elle a avalé son morceau de pudding. Elle paraissait perplexe. Elle a murmuré : « c'est fou ce que tu rencontres comme professionnels ces temps-ci, quand même. » Elle a repiqué dans son assiette.

Je ne sais pas si c'est la vision du visage défait de ma femme, la fatigue musculaire due à mes randonnées champêtres ou l'effet euphorisant du pudding carthaginois, mais je n'ai pu m'empêcher d'exploser de rire. « Qu'est-ce qu'il y a ? elle a demandé, la bouche pleine. J'ai dit quelque chose de drôle ? » J'ai eu du mal à répondre. Houhouhou, non-non. Elle a tapoté sa queue-de-cheval. « Je suis mal coiffée ou bien ? » Ma crise de rire a redoublé. « Haaaaa-haha, mais non, tu n'y es pour rien, j'ai fait. C'est Kerouac-ark-ark ! » J'avais d'atroces contractions abdominales.

« Kerouac ? » elle a répété.

« Voui-hihi, Kerouac ! Son grand roman, *Sur la route*, le livre culte de la *Beat Generation* ! Il lui a fallu six ans pour trouver un éditeur ! »

Je suffoquais, à quatre pattes sous la table.

*

Six mois plus tard, je fonçais chaque matin à toute berzingue vers ma boîte aux lettres. Et un et deux et trois et quatre ! Je déchirais l'enveloppe, je lisais la lettre, je galopais vers la voiture dans laquelle je plongeais. Je démarrais sur les chapeaux de roues sans un regard pour la colline d'en face. Je sillonnais les routes pendant des heures. J'adorais ça, rouler, voir défiler les bornes kilométriques, les gens, les villes, les paysages jusqu'à l'ivresse.

Je portais la chemise à carreaux de Kerouac. J'étais un peu dépeigné, mais irrésistiblement sympathique. J'avais un bras de bûcheron qui pendait par la fenêtre. Quand je croisais un agriculteur sur le bord de la route, je levais la main en faisant « haw ! » Il me fixait l'air effaré comme si j'avais été un extraterrestre. « Haw ! » je répétais en le dépassant (j'aurais préféré rencontrer de vrais lecteurs de Kerouac, mais côté *Beat Generation*, c'était assez calme cette année-là dans l'Aveyron).

Un vent de liberté soufflait dans mes cheveux. J'aimais la vitesse. J'aimais piloter ma voiture américaine (une Ford Fiesta bleu marine, modèle 1995). J'aimais avaler les kilomètres et aller au gré de ma fantaisie, attiré par les horizons lointains : Montagnol, L'Hospitalet-du-Larzac, Pégairolles-de-l'Escalette. Quelquefois, je ne comptais plus, je faisais le grand tour : Rodez, Millau, Saint-Affrique !

Je traversais l'Aveyron d'est en ouest, du nord au sud. Vers quatre heures, je regagnais mon refuge. « Haw ! » je faisais en arrivant. « Haw, maison ! Antre des poètes, caverne des insoumis ! » Le capot de mon américaine était fumant. J'avais des images plein la tête.

J'entrais chez moi d'un pas énergique. Il me restait

deux bonnes heures de solitude et de méditation avant le retour de ma femme et de mes filles. J'étais Kerouac à *Desolation Peak*. Je voyais le Lévezou d'un côté, les rochers du Combalou de l'autre et mes voisins sur la colline d'en face. J'attendais le satori littéraire. Je sentais qu'il n'était plus très loin.

Un soir, au lit, j'ai dit à ma femme : « tu sais, je commence vraiment à y croire. » J'évitais de la regarder. « Ah oui ? » elle a fait. Elle corrigeait la première moitié d'un paquet de copies. « Oui, j'ai repris. J'ai reçu une réponse d'Albin Michel aujourd'hui. » Elle ne disait rien. J'entendais seulement son stylo rouge qui lacérait le papier. « Ils ont compris à qui ils avaient affaire, j'ai ajouté. Ils savent que je suis dangereux. »

Elle a interrompu ses corrections.

« Qu'est-ce qui te fait croire ça ? » Je lui ai jeté un regard rapide. Je ne voulais pas la déstabiliser. « C'est une lettre d'insultes, j'ai fait. Manuscrite. Une femme. Elle tente de démolir mon travail. » Je lui ai adressé un clin d'œil. J'ai vu qu'elle se décomposait. « Mon pauvre chéri », elle a dit. Elle avait les larmes aux yeux.

« Attends, je lui ai fait. Tu n'as pas saisi. C'est une lettre *manuscrite*. Pas une réponse type, dactylographiée, anonyme. C'est écrit par quelqu'un de vivant ! Quelqu'un qui a signé ! » Elle ne me quittait pas du regard. « Quelle conclusion tu en tires ? » m'a-t-elle demandé avec une fêlure dans la voix. « Ils tentent d'engager le dialogue, j'ai fait. Ils envoient un éclaireur pour connaître mes intentions. »

Il y a eu un moment d'émotion.

Ma femme a envoyé ses yeux de l'autre côté de la chambre.

Elle était bouleversée de toute évidence. Un événement venait de se produire qui risquait de changer radicalement le cours de notre vie. Elle n'a pas approfondi les conséquences de cette nouvelle donne. Elle a préféré faire diversion et, d'une certaine façon, je la comprenais.

Elle a dit : « j'entends la petite qui pleure, tu ne veux pas y aller ? » J'ai dit : « tu ne veux pas y aller plutôt, toi ? Les museaux de palourdes me sont restés sur l'estomac. » Elle a dit : « s'il te plaît, vas-y. Il me reste soixante copies pour finir le paquet. » J'ai dit : « non, je t'assure que je ne me sens pas bien. » Elle est revenue à la charge : « c'est toujours moi qui me lève, je fais tous les biberons. »

J'ai hoché la tête. C'est vrai que ce n'était pas tous les jours facile de vivre avec un géant de la littérature. D'une certaine façon, je la comprenais. J'ai dit : « il est hors de question que j'y aille, j'ai reçu une lettre manuscrite d'Albin Michel. »

Elle a posé sur moi le brasero de ses yeux.

J'y suis allé.

« Haw ! j'ai fait. Haw ! »

Je levais l'avant-bras en signe de paix.

Ma fille était debout dans son lit à barreaux. Ses grands yeux m'observaient. Un cauchemar l'avait réveillée, mais elle ne pleurait plus. Elle me dévisageait. J'exerçais sur elle une influence bienfaisante. Je lui ai touché l'épaule d'une légère pression de la main. « Chat, j'ai dit. Chat. » J'ai fait aussitôt semblant de m'enfuir. Elle ne bronchait pas. Je suis revenu vers elle. Je l'ai poussée d'un petit coup sur la poitrine. « Chat. » Elle n'a eu aucune réaction.

Je suis retourné me coucher.

C'est ma femme qui a repris la conversation. « Tu devrais peut-être t'adresser à d'autres éditeurs. Des éditeurs qui seraient plus réceptifs à ce que tu écris. »

« Quoi ! Après le contact que je viens d'avoir chez Albin ! »

Elle a continué : « À moins que tu ne passes à l'écriture du deuxième roman. Il faut parfois y revenir plusieurs fois pour que ça marche. » Il y a eu une déflagration en moi. Un rire énorme qui a tout fait voler en éclats. Je me suis retrouvé par terre, renversé sur le dos. « Houhou, j'ai fait, houhouhou. » Ma femme a gardé son sang-froid. Elle a demandé : « c'est qui ? » J'ai dit : « Fante. » Je me tordais sur le sol. Elle a repris : « eh bien quoi, Fante ? » J'ai hoqueté : « son premier roman, *La Route de Los Angeles*, probablement le meilleur. » Ma femme m'a toisé avec lassitude.

« Refusé ? »

« Tout juste. Publié après sa mort, hohoho ! »

Je rampais autour de la chambre.

« Et tu ne connais pas la meilleure ? »

« Non. »

« Ça a fait un succès ! »

Je cognais du poing sur la laine synthétique. Je la déchirais à pleines dents. À ce moment, son visage s'est éclairé. « Ah, ça y est, elle a dit, ça me revient ! C'est sa femme, non ?

– Quoi, sa femme ? j'ai demandé.

– Son succès. C'est sa femme et ses enfants qui en ont profité si je me souviens bien. »

Elle riait de bon cœur maintenant. Mais moi, plus tellement. Je me suis retourné. Dans mon dos, il y avait ma fille. Ma fille aînée. Elle était entrée dans notre chambre sans que je m'en aperçoive. Elle me fixait d'un air consterné. J'étais allongé au bas du lit, les ongles plantés dans la moquette. « Chat, j'ai fait. Chat. »

Elle ne m'a pas souri.

Leçon 4

L'éditeur

Ma femme n'en croyait pas ses oreilles. Isabelle Dumas, la directrice littéraire de Busch & Sachtl, venait de m'appeler pour me dire que mon manuscrit l'intéressait. Je l'avais intitulé *Métaphysique du dog* en tablant sur l'ambiguïté du titre pour retenir l'attention. Après un an de correspondance passionnée avec tout ce que la capitale comptait d'éditeurs, ça commençait à marcher du tonnerre. L'un d'entre eux semblait décidé à se l'arracher : il avait réussi à me joindre au téléphone.

J'étais venu à Paris sans délai, accompagné de ma famille. J'étais très tendu. Le matin, après le petit déjeuner, ma fille cadette m'avait exprimé ses encouragements en me serrant très fort dans ses bras. Moment émouvant. Elle avait alors deux ans. Sa petite bouche avait laissé deux délicates traînées noirâtres de chocolat sur mon imperméable blanc. Je comptais beaucoup sur cet imperméable : c'était celui de Paul Newman dans *L'Arnaqueur*. J'avais passé huit jours à réfléchir à ma tenue vestimentaire. Pour finir, l'imperméable blanc l'avait emporté d'une petite longueur – si je puis dire – sur le blouson boléro de Tony Curtis dans *Amicalement vôtre*.

Il me semblait que l'imperméable de *L'Arnaqueur* possédait une force symbolique plus puissante. En le portant, j'allais adresser à Isabelle Dumas un message subliminal qu'elle ne pouvait pas manquer : j'afficherais mon imposture avec une franchise si subtile que, par antithèse, il ne pourrait faire de doute dans son esprit que j'étais un authentique écrivain. C'était une trouvaille magnifique, une trouvaille imparable. La veille, je m'étais longtemps contemplé dans la glace en souriant d'un air entendu et décontracté, à la Paul Newman. Je trouvais l'imperméable terriblement convaincant.

Ce jour-là, sur le coup de neuf heures trente, les zébrures de Nutella sous la cinquième boutonnière rendaient ma rhétorique beaucoup moins efficace. Il pleuvait des cordes, je n'avais pas de pardessus de rechange. Ce n'était plus Paul Newman qui allait au rendez-vous, mais Jerry Lewis après une journée de tournage avec Dean Martin. J'étais à bout de nerfs. Je n'avais d'autre solution que de garder la main gauche dans la poche de mon pantalon pour escamoter le pan douteux de l'imperméable en le maintenant avec fermeté sur le côté.

Debout, ça produisait un effet curieux. J'avais un air à la fois dégagé et contraint, qui pouvait encore passer pour mystérieux. Mais assis, mon allure devenait bizarre, comme si j'avais quelque chose de honteux à cacher, un psoriasis géant sur la main, par exemple, ou le gant en strass et paillettes du fan-club de Michael Jackson, bref je n'étais plus très sûr d'être reçu cinq sur cinq par Isabelle Dumas.

Au 15, rue de Sergot, en atteignant la dernière des

marches qui menait au palier fatidique, je m'étais ressaisi. J'étais prêt à en découdre. J'avais dans les yeux
des scènes sauvages et guerrières. Klaus Kinsky dans
La Chanson de Roland, découpant du sarrasin avec sa
Durandal, hurlant dans des gerbes d'hémoglobine. Ou
bien : les marines débarquant dans l'enfer d'*Omaha
Beach* reconstitué par Spielberg, condamnés à courir
vers la gueule de feu, à tuer la mort avant qu'elle ne
les fauche. Ou encore : Brad Pitt, faisant une arme de
sa défaite, vomissant son sang sur son adversaire dans
Fight Club. Aha, images héroïques, images stimu-
lantes : s'ils l'avaient fait, je pouvais le faire !

Je me suis précipité sur la porte sans respirer
comme on monte à l'assaut sur le Chemin des Dames
et c'est seulement *après* avoir cogné deux ou trois fois
que j'ai lu l'injonction qui orne l'entrée des bureaux
de Busch & Sachtl : « Entrez sans frapper. »

Intense désarroi. Vertige de l'illumination. J'eus la
vision fulgurante d'un cataclysme, d'un drame atroce
déclenché par cet acte inconsidéré et même dément. Il
y avait là-dedans des gens fragiles qui aspiraient au
silence, des gens qui peut-être voulaient dormir et qui
ne devaient pas être contents, pas contents du tout
maintenant que j'avais commis cet acte irréparable,
maintenant que j'avais fait ce tapage insensé (ça allait
me condamner aux yeux de la direction littéraire,
j'allais devoir repartir l'imperméable en berne, avec
l'allure de Peter Falk quand il quitte une pièce en faisant mine de ne rien comprendre, sauf que moi, je
n'allais pas pouvoir revenir deux secondes plus tard
en disant « sans vous déranger, je peux vous poser une
dernière petite question ? » Un conseil si vous allez

chez Busch & Sachtl : NE FRAPPEZ PAS, MAL-HEUREUX, NE FRAPPEZ PAS !).

Mon esprit fonctionnait à cent à l'heure. Je poussai la porte sans attendre une réponse, espérant trouver un sas, un vestibule. Je comptais refermer très vite le battant. Si quelqu'un était arrivé en fulminant et m'avait demandé qui avait eu l'audace de frapper, j'aurais pris un air innocent et étonné, le coude bien collé au corps, l'imperméable artistiquement rejeté derrière la hanche. J'aurais froncé les sourcils d'un air réprobateur en regardant derrière moi. J'aurais même pu rouvrir la porte pour épingler l'impensable butor qui avait osé répondre par une provocation à cette demande pourtant naturelle, pourtant évidente, qui relève de la plus élémentaire courtoisie, du savoir-vivre le moins contourné : « Entrez sans frapper, nom de Dieu ! »

J'entrai donc et rien ne se passa comme je l'avais prévu. Je ne vis pas qu'il y avait une salle d'attente, un canapé, une vitrine, des livres exposés. Ce que je vis fut de l'ordre de l'apparition littéraire. Je vis un espace qui me parut immense et vide. Et au fond, dans une grotte, derrière et au milieu de concrétions de livres et de dossiers empilés, Isabelle Dumas qui me souriait.

Elle sut aussitôt me mettre à l'aise, d'une façon très particulière qui n'appartient qu'à elle : « mettez-vous à l'aise », me dit-elle. C'était la première fois qu'on me parlait comme ça.

Je me dépêchai de retirer mon imperméable, d'un geste brutal, pour continuer de masquer le Nutella. Le mouvement fut si sec que ma veste partit avec le pardessus, ses manches se retournant avec celles de l'imper. Je jetais avec fierté l'enchevêtrement de tissus informes sur une chaise, veste et imperméable roulés en boule, dans une attitude de colossal mépris envers le cinéma américain.

Je m'assis face à Isabelle Dumas sans déglutir. J'étais en pull à col roulé noir. J'avais tout à fait le genre de l'écrivain sobre et modeste, tout en profondeur, dédaigneux des apparences, comme je l'avais programmé depuis le début. Je contrôlais parfaitement la situation.

«Votre manuscrit est excellent», m'a dit Isabelle Dumas. J'ai aimé sa simplicité. «Vous êtes un génie de la littérature», a-t-elle ajouté. Et j'ai pensé qu'elle connaissait bien l'âme humaine. «Bien sûr, il y a quelques détails à peaufiner.» Elle avait un franc-parler qui me séduisait. J'ai redressé le menton, entraînant avec lui l'ensemble de ma colonne vertébrale dans un mouvement ascensionnel. Mes vertèbres cervicales ont un peu craqué. Quelques petits détails, c'est évident. Les artistes persans s'arrangent toujours pour laisser un défaut dans leurs œuvres. Seul Allah peut être parfait.

«Par exemple, le début ferait une très bonne nouvelle, mais dans le contexte du roman, ça ne va plus.» Ah ah, très juste. J'avais voulu cela. J'avais voulu cette distorsion, ce commencement précédant une suite, venant elle-même avant la fin, créant un choc chez le lecteur. Nous étions sur la même longueur d'ondes. «Au milieu, je ne sais pas. Peut-être une longueur? Oh, deux, trois cents pages, pas plus.» Oui, oui, c'était exact! Voilà ce que j'avais voulu faire, endormir le lecteur, le tenir dans ma main, puis le retourner comme une crêpe. Tant de pénétration me confondait. «Quant à la fin, rien à en tirer, on ne sait pas où ça va.» La frustration! Mon Dieu, elle m'avait suivi jusque-là! Créer un état de manque, plonger le lecteur dans la panique. Elle avait tout vu, tout!

«En conclusion, je dirais que c'est mauvais, c'est très mauvais. Mais je crois que vous pouvez vous améliorer. Vous vous en sentez capable?» Je suis sorti, galvanisé. Ça y était, j'étais reconnu, j'étais entré en littérature. Par la grande porte!

Et pourtant j'avais frappé!

Le contrat, m'a dit ma femme. Quoi, le contrat? Est-ce qu'on t'a fait signer un contrat? Non, mais c'est pareil, je suis un génie de la littérature. Tant que tu n'as pas de contrat, il n'y a pas de génie qui tienne (ma femme ne connaît rien à la littérature). L'histoire de la littérature s'écrit avec des livres, a-t-elle ajouté, pas avec des manuscrits (elle l'enseigne seulement). Tout le monde écrit, mais qui ne publie pas n'existe pas (arguments d'universitaires, je les réfute avec véhémence). De qui te réclames-tu? Hesse, Fante, Hamsun? (l'intimidation à présent, cela ne me fera pas plier). As-tu lu beaucoup de leurs textes autographes?

(là, je cours me remettre à écrire.)

*

La deuxième fois que j'ai rencontré mon éditeur, j'ai vu Morgane du Gravier. Morgane du Gravier est l'attachée de presse de Busch & Sachtl. La seconde version de *Métaphysique du dog* était écrite, le contrat signé. Isabelle Dumas m'avait sauvé du néant et ma femme triomphait.

«J'aime beaucoup ce que vous faites», a dit Morgane du Gravier. J'ai dit oui. «C'est très drôle, vous êtes très drôle, non?» J'ai dit oui. «Enfin, euh, je veux dire très volubile, quoi, typiquement méridional, hein, ça se sent tout de suite, ça.» (j'ai dit oui). «Non, c'est à cause du livre qui est plein de parfums, d'odeurs, de saveurs, euh, une ode au Midi et à la farigoulette, c'est ça ou bien?» J'ai répondu: oui. Je savais d'expérience qu'il valait mieux ne pas contrarier mes interlocuteurs, surtout lors d'une première rencontre. Cela pouvait déclencher chez les gens toutes sortes de réactions hostiles et désagréables.

«On sent que vous aimez Pagnol», a poursuivi Morgane du Gravier. Mes réponses ne paraissaient pas la satisfaire. J'ai dit Pagnol, oui, bien sûr. «Jean Giono, Max Gallo, Ticky Holgado?» continua-t-elle en accélérant son débit. J'ai dit ohoui. «Cicciolina, Cosa Nostra, Charles Pasqua?» Elle parlait de plus en plus vite. J'ai dit oui, oui. «Fernandel, Roger Carel, Harvey Keitel?» C'étaient de véritables rafales maintenant. J'ai encore dit oui-hi sans réfléchir. L'important était d'être en phase, en harmonie avec l'autre.

À ce moment, Morgane du Gravier s'est troublée. Elle a rougi violemment et s'est enfuie en courant dans les couloirs de Busch & Sachtl. Cela m'a beaucoup intrigué, parce qu'il ne me semblait pas l'avoir contrariée (à moins qu'il ne se soit glissé dans un de mes « oui » une nuance de « non », mais cela ne m'a pas frappé).

J'ai pensé que ma tenue vestimentaire avait pu la perturber. J'avais fini par me fixer sur la veste sombre assortie d'une cravate fine et noire, avec col de chemise dégrafé, que porte Paul Newman dans *Détective privé*. Ma femme préférait le complet prince-de-Galles avec œillet à la boutonnière et chapeau melon qu'arbore David Niven dans *Casino Royale*, mais elle ne connaît rien au cinéma (elle l'enseigne seulement).

Le choix de mes vêtements, il est vrai, pouvait déstabiliser. Par lui, j'indiquais à mes interlocuteurs que je n'étais dupe de rien. Mon incroyable décontraction à la Paul Newman signifiait qu'en un sens, j'enquêtais sur eux et que je lisais à livre ouvert dans leurs pensées. J'eus peur un moment d'avoir affolé Morgane du Gravier. J'eus peur de n'avoir que des articles dans des fanzines d'aéromodélisme ou dans le bulletin de liaison des anciens du village-vacances de Risoul 1850. J'eus peur. J'eus drôlement peur.

Le fait est qu'il me fallut des mois pour apprivoiser Morgane du Gravier. Les thèmes littéraires étaient quasiment impossibles, à bannir de nos conversations sous peine de les tuer.

« Vous écrivez un peu comme Dante Alighieri », me disait-elle par exemple au téléphone. Je répondais oui-oui du tac au tac. J'entendais alors un grand fracas, celui du combiné chutant sur le sol, suivi de la course folle de Morgane du Gravier fuyant dans les bureaux du 15, rue de Sergot.

Ou un autre jour : « c'est fou, mais en vous lisant, on pense à San-Antonio. » Je murmurais : hui-hui aussi bas que possible, en essayant de ne pas lui faire peur, en espérant l'amadouer. Puis c'était le silence, l'échec. Elle s'était effarouchée. J'entendais parfois une feuille retomber sur sa table ou une mouche bourdonner autour de l'appareil. Morgane du Gravier s'était volatilisée, abandonnant son sac, ses effets personnels, une chaussure dans la débâcle. Il faudrait attendre le lendemain, parfois plusieurs jours pour pouvoir la joindre à nouveau.

Nous avons appris l'un et l'autre à éviter les sujets qui fâchent. Nous ne parlons plus de mon livre. Je l'appelle pour les motifs les plus futiles : les rapports Nord-Sud (sous un angle exclusivement météorologique), l'art de la repartie chez les enfants (sous un angle exclusivement familial), comment parvenir à ranger un bureau d'attachée de presse (sur un angle, exclusivement).

Certains jours, nous sommes fous. Nous abordons la vie de l'art. Elle évoque des films que je n'ai pas vus, je cite des réalisateurs qu'elle ne connaît pas. Le plus souvent, nous ne prenons aucun risque. Je lui téléphone pour lui demander de me passer Pierre ou Euphrasine ou Isabelle. C'est tout à fait charmant. Je lui dis « est-ce que s'il te plaît. » Elle me dit « mais oui, voilà, je. » Je suis ému jusqu'aux larmes. Nous sommes entrés dans un processus de respect réciproque total.

Quelquefois, les aléas de la vie professionnelle la contraignent à me délivrer de menues informations. Elle s'acquitte de cette tâche avec une sensibilité et une délicatesse rares. « Ah, tiens, Phil, je crois bien que j'ai lu un article sur toi l'autre jour. » Je me garde d'ouvrir la bouche. «C'était dans *L'Argus des livres…*» J'évite de respirer. «Euh, non, dans *Le Courrier de Pékin…*» Ne pose aucune question. «En fait, non, je ne sais plus.» Silence absolu. «Il me semble pourtant qu'il y avait ta photo…» Complètement muet. «C'était peut-être Pasiphaé Rodriguez, remarque, je vous confonds un peu toutes les deux. Bon, euh, c'est pas tout ça, mais tes enfants, la montagne, la campagne, tout va bien à Toulon?»

Je pousse un soupir de soulagement. L'alerte est passée. Nous revenons à des sujets plus intimes où nos cœurs sympathisent et peuvent s'épancher. Je dis: «Tu peux me passer Isabelle?» Je dis: «Pierre est dans la maison?» Je dis: «Est-ce que, par hasard, Euphrasine?» Elle me dit «mais oui, voilà, je.» Nous pleurons.

La confiance et le tact n'empêchent pas quelques dérapages, ce sont des choses susceptibles de se produire. Mon téléphone sonne. «Un article formidable! FOR-MI-DABLE! Tu vas être content, oh oui, vraiment content, tu vas voir, oh oui, oh oui, oh je!» (c'est Morgane du Gravier).

Le papier arrive le lendemain par la poste.

Je lis: «Phil Dechine a écrit un premier roman chez Busch & Sachtl.» C'est l'aspect dithyrambique et important de l'article. Je poursuis: «On a bien aimé la première phrase. Le reste est nul, sans intérêt. Surtout ne l'achetez pas. Ne le touchez pas. Si on vous l'offre, jetez-le.»

Selon les critères de Morgane, le développement est une pièce rapportée, une fantaisie du journaliste, une broutille, ça ne compte pas. Mon sang à moi ne fait qu'un tour. Je prends mon téléphone. Je dis : « Tu peux me passer Isabelle ? » Je dis : « Pierre est dans la maison ? » Je dis : « Est-ce que, par hasard, Euphrasine ? » Elle me répond « mais oui, voilà, je. » Nous tombons dans les bras l'un de l'autre. Les mots sont des obstacles pour la plupart des gens. Ils ne sont pas des obstacles pour nous.

Les ventes, me dit ma femme. Quoi, les ventes ? Est-ce que le livre se vend ? Je n'en sais rien, mais c'est tout comme, j'ai un article formidable. Tant que tu n'en as pas vendu dix mille, il n'y a pas d'article formidable qui tienne (ma femme ne connaît rien aux articles formidables). Les seuls vrais succès sont des succès publics (elle ne connaît rien aux règles du succès). Les journalistes, crois-moi, peuvent se tromper, mais les lecteurs ne ratent pas les grands livres. Hesse, Fante, Hamsun ? (ça recommence). Steinbeck, Kerouac, Canetti ? (elle ne recule devant rien).

Je n'écris pas pour plaire, riposté-je, drapé dans ma dignité et dans la veste à chevrons de Cary Grant dans *L'Impossible Monsieur Bébé* (aucune allusion à chercher, c'est tout ce que j'avais de propre). J'écris pour la littérature, je lui fais. J'écris pour moi ! Si ce n'est que ça, rétorque ma femme, il suffit d'un papier et d'un crayon. Tu n'as pas besoin d'éditeur, tu peux te passer de Busch & Sachtl.

Me passer de Busch & Sachtl ! Dis-moi ce que je dois faire, je réponds d'une voix blanche (j'ai aussi le visage strié). Apprends-moi, enseigne-moi, je t'écoute (mes mains tremblent un peu). Je suivrai tous tes conseils : je veux vendre des livres, signer plein de contrats (j'ai eu vraiment peur).

C'est vrai, quoi, comme je dis toujours, ma femme sait des tas de choses que moi-même je ne sais pas.

Leçon 5

La presse

J'avais trente-sept ans et je n'avais jamais vu de journalistes. Pour moi, c'étaient des êtres mythiques, des gens à part. Ils menaient une existence mystérieuse et compliquée que je ne pouvais comprendre. Ils vivaient dans des salles de rédaction enfumées avec plein de monde qui criait et où le téléphone sonnait sans trêve (je n'aurais jamais pu être journaliste).

Quand mon premier roman est paru, j'étais en vacances à Font-Romeu, dans les Pyrénées-Orientales. C'était la fin du mois d'août. J'avais les cheveux très courts, parce que c'était l'idée que je me faisais de l'allure martiale du guide de haute montagne. Chaque matin, je m'habillais en conséquence. Je portais des Caterpillar, un pantalon battle-dress kaki dans les poches duquel je glissais une boussole, ma carte IGN Cerdagne-Capcir plastifiée et un Opinel numéro huit. Je gardais en permanence accrochée à la ceinture une gourde de l'armée américaine avec étui isotherme et pastilles de purificateur d'eau Micropur MT 1.

Évidemment, je n'allais jamais en montagne.

Il fallait être fou pour s'attaquer au pic Occident de Col Rouge, au pic du Géant ou au pic de l'Infern. Je me contentais de les regarder de loin. Je les trouvais fabuleux, menaçants et énormes. Des masses ténébreuses sorties du gouffre, d'un gris bleuté virant au noir sur leur face nord avec des reflets rouges pareils à des saignées sur certains sommets.

Le pic de l'Infern surtout me fascinait. Son nom, à lui seul, était un défi à mon imagination. «Je t'aurai un jour, pic, je lui disais. Tiens-toi bien, je me prépare.» Il ne répondait rien. Il continuait d'être énorme. Il se préparait aussi sans aucun doute.

Quand nous rentrions d'un après-midi de baignade au lac de Matemale avec les bouées coin-coin des petites, mes palmes et mon tuba dans le coffre de la voiture, je le regardais se dresser vers le ciel dans l'échancrure des montagnes.

«Tu as l'air méchant, pic», je lui faisais. «Tu es vraiment un sale type. Tu es beau.» La vérité, c'est qu'il me faisait peur. Il semblait avoir été conçu pour écraser les hommes. Il avait dû en précipiter des centaines vers l'abîme. Il était sombre et inamovible. Sombre et indifférent. Oh comme j'en avais peur. Voilà pourquoi je voulais l'affronter. J'avais trouvé en lui un adversaire à ma taille.

Du reste, notre rivalité m'avait grandi. Ce n'était pas rien d'être l'ennemi juré du pic de l'Infern. À Font-Romeu, ça commençait à se savoir. Du moins, ceux à qui je ne l'avais pas confié finissaient-ils par s'en douter. Je me promenais dans les rues du village, la démarche grave et lente, avec ma gourde qui ballottait sur ma hanche en faisant glouglou. Mes chaussures cognaient lourdement le dallage des trottoirs. J'avais une ritournelle d'Ennio Morricone dans la tête. J'étais l'homme qui avait déclaré la guerre au pic de l'Infern.

Les touristes me considéraient avec respect. Ils s'écartaient sur mon passage. Je leur souriais d'un air entendu. Je détaillais d'un regard indulgent leurs petites chaussures en Goretex, leurs petits shorts bariolés, leurs petits sacs Décathlon. Ils revenaient de l'excursion familiale au pic Carlit, deux heures trente de marche en file indienne, ou d'une balade aux étangs des Camporells, télésiège obligatoire, transhumance sur sentier balisé, cinq heures aller et retour. Je crois qu'au fond, je les plaignais. L'idée de déclarer la guerre au pic de l'Infern n'avait jamais dû les effleurer.

J'entrais dans la maison de la presse. « Alors, monsieur Dechine, me demandait le buraliste tout excité, c'est pour demain ? » Je posais trois ou quatre livres sur le comptoir. « Non, je faisais. Demain, c'est pas bon. » J'avais un ton définitif, une assurance de guide de haute montagne. Je voyais l'autre se décomposer. J'ajoutais : « demain, on annonce des orages sur les reliefs. »

« Ah », répondait-il d'un air déçu. Je savais qu'il attendait beaucoup de mon duel avec le pic de l'Infern. C'était une forme de revanche pour lui. Il avait vu tant de ses compatriotes tomber sur les chemins escarpés de cette fichue montagne. Alors je le rassurais, je lui faisais comprendre que la victoire de l'homme sur le pic de l'Infern était tout de même pour bientôt.

Je lui disais : « ce n'est que partie remise, vous savez. J'en profite pour me blinder psychologiquement. » Je tapotais la couverture des trois Léon Bloy trouvés sur les étagères. « C'est important, la préparation psychologique. »

Et je me plongeais pour la journée dans l'*Exégèse des lieux communs* en surveillant d'un œil mes filles dans leurs bouées coin-coin.

*

Ma préparation psychologique avait atteint son apogée quand Morgane du Gravier m'a appelé pour m'apprendre que j'avais un article formidable dans *Sulfurique-Hebdo*. C'était le premier papier qui paraissait sur mon roman.

Je me suis précipité vers la maison de la presse.

Mon irruption avec mes Caterpillar martelant le carrelage et ma gourde brinquebalant et glougloutant à ma ceinture a été tonitruante. J'avais les yeux exorbités. J'étais rouge et dégoulinant de sueur. Font-Romeu est construit à flanc de montagne et j'avais remonté tout le village en courant comme un dératé. Le patron du magasin a eu une bouffée de joie. Son visage s'est fendu d'un large sourire.

«Ça y est? Vous l'avez eu, hein? Vous en revenez?»

«Reuh, reuh, reuh», j'ai fait.

Il a pris ça pour un acquiescement. «Il l'a eu! il a hurlé. Le pic de l'Infern! Il l'a eu! Vous entendez, vous autres?» Les clients se sont retournés. Du Goretex partout. Du Décathlon. Du short bariolé. J'ai posé ma main sur l'avant-bras du buraliste. «Reuh, reuh, reuh», j'ai fait. «Il l'a eu! il a beuglé. Nom de Dieu, c'est magnifique! Regardez ça, il en revient!»

«Non, j'ai dit (reuh, reuh, reuh).»

Il était hilare, trop heureux pour entendre mon objection.

Il s'est exclamé : « c'est magnifique ! »

J'ai fait : « non, c'est pour une autre fois. »

Il s'est figé. J'ai ajouté en soufflant très fort : « aujourd'hui, c'était pas bon. Température excessive, risque de déshydratation, on verra ça la semaine prochaine. » Son sourire s'est évanoui. Il a retiré son bras de sous ma main. « Vous avez *Sulfurique-Hebdo* ? » j'ai demandé. Il a attrapé un exemplaire sur un présentoir. Il l'a jeté sur le comptoir sans me regarder.

Je suis sorti devant une haie de Goretex.

De sacs Décathlon. De shorts bariolés.

Sous le bras, je tenais mon journal (ahr ahr, pauvres minables !).

L'article de *Sulfurique-Hebdo* était formidable. Enfin, disons qu'il l'était dans l'échelle des valeurs de Morgane du Gravier. Ce qui était formidable, c'était surtout qu'il y ait un article, qu'il y ait *Sulfurique-Hebdo* et, peut-être, l'association entre les deux (bien que, sur ce point, je ne puisse être tout à fait affirmatif). Pour le reste, le journaliste m'avait lu, ce qui était en soi une nouvelle extraordinaire. Mais un accident bête s'était produit. En cours de lecture, il s'était aperçu qu'il n'aimait pas mon livre. Il avait donc décidé de le chanter sur tous les toits avec une volonté évidente de me nuire.

J'étais estomaqué. Comme s'il ne pouvait pas garder ça pour lui ! Comme si ça intéressait quelqu'un de savoir qu'il n'avait pas apprécié mon roman ! C'est ahurissant tout de même cette manie de publier à tout propos ses états d'âme ! Alors que ce que veulent les lecteurs, ce sont des faits, de l'information brute, des données objectives. Je vous donne un exemple : « Figurez-vous que Phil Dechine a publié son premier roman chez Busch & Sachtl. » Ça, c'est de l'information brute. « Un roman de quatre-vingt-cinq pages, dix chapitres pour 9,50 euros –, je m'excuse, mais vous n'en verrez pas tous les jours. » Voilà des données objectives.

Après, si le critique veut apporter à son papier une touche personnelle, d'accord. S'il veut guider les autres sur les chemins de la connaissance, pas de problème. S'il tient à glisser là-dedans un soupçon de sensibilité, je dis pas. Mais qu'il le fasse avec discrétion, avec respect. Qu'il utilise des phrases suggestives, tout en nuances, en laissant le lecteur libre de son jugement.

« Est-il nécessaire de rappeler que Phil Dechine est un génie de la littérature ? » par exemple. Ça, c'est une phrase suggestive et tout en nuances qui laisse le lecteur libre de son jugement. D'ailleurs, il y a un point d'interrogation à la fin, c'est plein de tact, ça se voit tout de suite. Un journaliste qui a cette pudeur-là, moi, je suis le premier à lui tirer mon chapeau. Il décrocherait le prix Pulitzer que j'y trouverais rien à redire. Mais tous n'ont pas cette rigueur professionnelle. Les gens de *Sulfurique-Hebdo* feraient bien de ne pas oublier cette exigence d'objectivité chez le lecteur, ce besoin de délicatesse qui devient si vif dans le public d'aujourd'hui.

En attendant, j'avais eu un article d'une bienveillance discutable. À n'importe quel autre moment de ma vie, un coup comme celui-ci m'aurait fait perdre le sommeil. Tandis que là, j'étais préparé psychologiquement. Je me suis contenté de passer une nuit blanche. À quatre heures du matin, j'étais assis dans la cuisine en train d'écrire ma réponse. Aha, on allait voir ce qu'on allait voir ! Mon agresseur ne savait pas à qui il avait affaire ! Bien entendu, il ne pouvait se douter qu'il tomberait sur le pire ennemi du pic de l'Infern, c'était pas de veine pour lui ! Vraiment pas son jour de chance !

Ma riposte fut cinglante.

L'équivalent épistolaire de quatorze coups de piolet sur le crâne. Il ne pouvait pas s'en relever.

« Tu as pensé à le remercier ? » m'a demandé Morgane du Gravier. « Remercier qui ? » j'ai fait. C'était deux jours plus tard. J'étais venu à Paris pour une séance de photos à *La Gazette littéraire*. « Le journaliste de *Sulfurique-Hebdo*, bien sûr, a dit Morgane du Gravier. Ça se fait de remercier. »

Je me suis senti suffoquer. J'avais ma lettre dans la poche. J'avais prévu de l'expédier sur place.

« Le remercier ? ! Impossible ! j'ai dit. Je ne peux pas ! »

J'étais rouge pivoine, j'en tremblais de fureur.

« Pourquoi ? » m'a demandé Morgane d'un air ingénu. Je dus lui faire un résumé succinct de mes conceptions journalistiques, des réflexes d'autodéfense induits par ma préparation psychologique à la haute montagne et de ce que pouvait signifier pour un homme d'être le principal adversaire du pic de l'Infern.

Morgane du Gravier m'a considéré avec surprise. Ses bouclettes blondes papillonnaient sur ses épaules.

«Tu es fou», elle m'a dit.

«Enfin, non, je.»

«Mais quand même.»

Ses bouclettes sautillaient de tous côtés. Je ne voyais pas où elle voulait en venir. «Peux-tu être plus explicite?» j'ai demandé, un peu pour la forme.

Ses bouclettes ont accéléré la cadence. Il y a eu une rafale. Elle a dit: «la rentrée littéraire.» J'ai dit: «oui?» Elle a dit: «Cinq cents romans à paraître en septembre.» J'ai dit: «d'accord?» Elle a ajouté: «trois critiques par semaine dans *Sulfurique-Hebdo*.» J'ai fait: «ah ouais?» Elle a dit: «soit douze romans commentés.» Elle a ajouté: «en tout et pour tout.»

Elle était à bout de souffle. Ses bouclettes dansaient le pogo à présent. Ça bondissait dans tous les sens. Elle a demandé: «tu vois ce que ça signifie?»

Je l'ai observée. Je ne voyais rien du tout.

Et puis soudain, j'ai vu.

Nom de Dieu. J'étais dans les douze.

Dans la poche de ma veste, ma main a serré très fort la lettre destinée à mon bienfaiteur de *Sulfurique-Hebdo* et l'a réduite illico en bouillie. Quel article j'avais eu tout de même! Quel papier! J'avais beau chercher dans mon vocabulaire, un seul mot me venait pour le qualifier, un mot jailli des profondeurs de mon inconscient, peut-être de mon enfance, allez savoir:

For-mi-dable!

Un instant plus tard, j'étais à la rédaction de *La Gazette littéraire*. Onze autres auteurs se trouvaient là. Nous allions figurer dans un dossier spécial sur les romans de la rentrée. Nous nous regardions en chiens de faïence. Personne ne parlait. Nous attendions qu'on nous emmène pour la séance de photos. Je me sentais merveilleusement décontracté. Les mains dans les poches, je sifflotais en lisant les avis du comité d'entreprise dans une vitrine accrochée au mur. Je ne savais pas pour les autres, mais moi, jusque-là, je tenais la route. J'étais imperturbable. Je n'étais pas né de la dernière pluie. Des avis de comité d'entreprise, il en fallait davantage pour m'impressionner.

Un seul détail me chiffonnait.

On n'entendait pas une sonnerie de téléphone.

Ce silence anormal me troublait.

Enfin, quand je dis «pas une sonnerie de téléphone», je percevais bien une vague stridulation, mais très loin, comme enfouie dans un placard sous une pile de coussins, d'édredons et de vieux matelas, comme s'ils avaient considéré eux aussi que c'était un bruit odieux, insupportable, qu'il convenait d'ignorer. Les gens que je voyais avaient d'ailleurs l'air très calmes. Et puis ils étaient jeunes. Et puis il y avait cette fille aux yeux clairs, au sourire incroyable, à qui j'allais justement demander la marche à suivre pour devenir journaliste, parce que c'était depuis toujours ma vocation, mais elle n'est pas venue avec nous.

La séance de photos s'est déroulée dans la cour Carrée du Louvre. J'étais de plus en plus décontracté. Il faisait soleil, tout le monde crevait de chaud. C'était pourtant un soleil minuscule. Rien à voir avec le soleil du Sud, le soleil de deux mille mètres d'altitude. Moi, cela m'amusait, j'en avais vu d'autres. J'avais donc gardé ma veste. Une veste grise superbe avec une chemise à manches longues, des pantalons noirs à pinces et de grosses chaussures en cuir bien cirées. En plein mois d'août, ça devait les épater.

Je me demande si je n'étais pas un peu *overdressed*.

Sur les clichés, il n'empêche, vous pouvez vérifier, je suis impeccable. Un peu décalé, mais juste ce qu'il faut. Ça crève les yeux que je ne suis pas un auteur comme les autres. J'ai l'air d'un type qui s'est trompé de séance de pose. Je ressemble à un légionnaire en permission au mariage de son beau-frère. Comme si je n'avais pas trouvé les jardins de la mairie et que j'avais suivi un groupe au hasard pour faire les photos. Ce qui me sauve, c'est ma fantastique décontraction. J'ai perdu de vue la mariée, d'accord, je ne reconnais plus personne, O.K., mais si vous croyez que je vais me laisser perturber pour si peu, haha, à l'aise en toutes circonstances, menton haut, bras croisés sur la poitrine, position de trois quarts, un vrai pro de la photo de mariage !

Sur le moment, avec mes cheveux rasés et mon teint buriné de guide de haute montagne, je me trouvais un faux air de Roger Frison-Roche ou de Louis Lachenal.

Je prenais une attitude martiale, un peu engoncé dans mes vêtements, musculairement à l'étroit, mais pour un aventurier, quoi de plus normal ? J'étais la bête noire du pic de l'Infern, sacré nom d'une pipe ! C'était pour lui que je souriais sur la photo. Au cas où le vent lui porterait quelques pages arrachées à *La Gazette littéraire*. Des pages qui lui diraient : «méfie-toi, pic. Je ne t'ai pas oublié. La littérature, Paris, les comités d'entreprise, tout ça, c'est de la blague. J'aurai ta peau, pic. Tu es beau.»

Et le pic de l'Infern commencerait à trembler sur son socle. Il commencerait à numéroter ses abattis en songeant que même à Paris, même aux portes de la gloire, même en présence d'une flopée de journalistes, son pire ennemi ne perdait pas de vue le combat à mort qu'il allait lui livrer.

Après la séance de photos, nous sommes allés au restaurant. Les journalistes étaient très gentils. Des gens sympathiques, pas fiers du tout. Ils posaient des questions attentives et aimables.

Il y en avait un qui en posait trop. Il commençait à m'énerver. Et vous avez lu quoi dernièrement ? Et vous connaissez machin ? Et vous avez lu trucmuche ? Que des noms que je ne connaissais pas. Que des consonances bizarres. Des types qui avaient dû écrire trois lignes sur un carnet, il y a soixante ans, au fin fond du Honduras et dont on publiait aujourd'hui les notes d'épicerie posthumes.

Je voyais ses yeux pétiller de lubricité tandis qu'il se livrait à son interrogatoire. Je me sentais bouillir. Je me dandinais sur ma chaise. J'ajoutais un sucre à mon café qui en contenait déjà trois. Il ne me lâchait pas et multipliait les questions :

« Miguel Herrero Ruiz-Pañon ?

– Connais pas, je faisais.

– Gabrielito Costa-Belmonte El Loco ?

– Non plus, désolé.

– Pedro-Felipe Del Mostijallido ?

– Pas mieux. »

Je rajoutais un sucre à mon café.

Et il continuait avec ses noms à coucher dehors. Au bout d'un moment, j'en ai eu assez. J'ai dit : « vous savez, moi, en fait de littérature, je m'intéresse surtout aux sommets. » Ses yeux ont cessé de briller. Il a eu l'air déçu. « Ah oui, il a fait. Thomas Mann, Proust, Cervantès, tout ça ? » Ça devait lui paraître trop simple, trop convenu. J'ai pris un autre sucre. J'ai fait : « non, pic Pedros de Campcardos, Puigmal d'Err, pic de Nuria. » Il m'a regardé avec des yeux ronds. J'ai enfoncé le clou : « pic d'Eyne, pic de la Vaca, pic de la Dona, pic de Noufonds. » Il a esquissé un pâle sourire. Ses yeux ont galopé sur les murs et au plafond. Puis il s'est détourné et a entamé une conversation avec son voisin de gauche.

J'ai rajouté deux sucres dans mon café en soupirant d'aise.

C'est vrai, quoi, qu'est-ce que c'est cette manie de poser des questions chez les journalistes ? Et depuis quand cette curiosité à propos des goûts littéraires des écrivains ? Ce que veulent les lecteurs, bon sang de bonsoir, c'est pourtant simple ! Ils se fichent pas mal de savoir si l'auteur connaît Don Diego de la Vega, mange des bocadillos ou va à la plaza de toros le dimanche ! Ils veulent juste savoir si le gars qui écrit l'article a aimé ou pas le bouquin, c'est vraiment pas sorcier, comment faut-il vous le dire ? Vous ne lisez donc jamais *Sulfurique-Hebdo* ?

Un mouvement général m'a tiré de ma rêverie. C'était la fin du repas. Les journalistes prenaient congé. Ils nous saluaient un par un avec cordialité. J'étais ravi d'avoir passé ce moment avec eux. Ça avait été une belle entrée en littérature. Je les remerciais chaleureusement. Ils avaient été charmants, le déjeuner délicieux.

Sauf le café peut-être.

Un vrai sirop de glucose. Tout à fait infect.

*

Lorsque, au volant de ma voiture, je suis sorti du col de la Lloze, le pic de l'Infern s'est dressé devant moi. Rien n'était changé. Il roulait des épaules, sa tête écorchée et méchante crevait les nuages. On aurait dit une glace en cornet, noircie par la haine. Il me lançait son mauvais sourire, ce fichu vieux pic. Il n'avait pas apprécié mon triomphe. Peut-être qu'il espérait me défier encore et qu'il osait croire à sa revanche.

Pauvre grosse montagne.

Je l'ai dépassée sans lui jeter un regard. J'ai pris la route qui traverse la forêt de Bolquère dans la direction de Font-Romeu. Je n'avais plus que mépris pour le pic de l'Infern.

C'était qu'une vilaine carie dans le ciel.

Je suis entré dans la maison de la presse. « Ça y est ? m'a demandé le patron en bondissant de joie. Vous y avez été, hein ? Vous en revenez ? »

« Hé, hé, hé », j'ai fait, l'air modeste.

« Il en revient ! il a hurlé. *La Gazette* ! Il en revient ! Vous entendez, vous autres ? » Les Goretex se sont retournés. Les Décathlon. Les shorts bariolés. J'ai posé ma main sur l'avant-bras du buraliste. « Hé, hé », j'ai ajouté.

Ça l'a rendu hystérique. « Il y est allé ! il a beuglé. Nom de Dieu, c'est magnifique ! Regardez ça, il revient de *La Gazette littéraire* ! » Il y a eu un attroupement. Ces bons Goretex se pressaient autour de moi comme un troupeau de charolaises admiratives. J'ai dit : « doucement. » J'ai dit : « il y en aura pour tout le monde. » J'ai dit : « ça paraîtra la semaine prochaine. »

Après, je me suis attardé un moment. Je leur ai raconté mon expérience de la vie parisienne : le silence religieux propice à la méditation dans les locaux de *La Gazette*, les discussions à bâtons rompus sur la littérature sud-américaine et la protection dont je jouissais désormais à *Sulfurique-Hebdo*. Ils m'écoutaient bouche bée, ces braves Goretex. Ils étaient émerveillés. J'en ai même vu un qui pleurait. Une femelle. Elle portait un short orange et un gros portefeuille ceinture qui pendait sur son abdomen. Elle ne devait pas avoir eu une vie facile.

Je lui ai souri avec amitié.

Puis je suis sorti faire quelques pas pour me détendre. J'ai marché jusqu'à la place de Cerdagne. Je me suis arrêté, les mains dans les poches, devant le panorama pyrénéen. L'air pur de haute montagne s'engouffrait dans mes poumons et me procurait une agréable sensation de fraîcheur. J'ai contemplé la seconde barrière rocheuse qui délimite la frontière avec l'Espagne. Je jouais avec ma boussole, une Silva avec visée, utilisable sur carte d'état-major.

Je me suis retourné. Devant l'office du tourisme, des gens déambulaient en habits colorés et légers. Des amoureux se tenaient par le cou, des parents musardaient avec leurs enfants, des jeunes se retrouvaient, pleins d'énergie et de rire. Dans le miroitement d'une vitrine, la silhouette un peu raide d'un type chaussé de croquenots me faisait face. Il me fixait avec un air sinistre, effrayant, avec une tête de bagnard.

Une gourde inutile pesait contre sa hanche.

Leçon 6

Les Salons du livre

Ah ! Le plaisir de vendre un livre à la criée ! Le rendez-vous était gare de Lyon, une heure avant le départ. C'était mon premier Salon du livre. Une hôtesse devait accueillir les auteurs en tête du train et leur remettre leurs billets pour Besançon. J'étais arrivé en avance. Il n'y avait pas d'hôtesse. Nul visage souriant pour me recevoir. Et je n'avais aucun numéro de téléphone à appeler.

Dans la foule des voyageurs, je ne distinguais rien qui de près ou de loin ressemblât à une tête d'écrivain. Pas de robe de bure, pas de canne à pommeau, pas de poches crevées ou de liquette à carreaux. J'éprouvais un sentiment de solitude atroce. Je portais la chemise rouge sous veste grise de Belmondo dans *Pierrot le fou*, mais personne n'avait l'air de s'en apercevoir.

J'ai fini par voir une femme enrhumée qui semblait aussi perdue que moi. Elle tenait un téléphone portable collé contre l'oreille. Elle m'a tout de suite paru sympathique. Elle aussi, elle luttait pour défendre sa liberté. Elle s'était acheté un mobile pour répondre à son mari quand elle ne décrochait pas sur l'autre ligne. D'ailleurs, elle lui disait : « mais je vous assure, monsieur, que je suis sur le quai depuis un quart d'heure et que votre hôtesse d'accueil ne s'y trouve pas. » Son mari ne devait pas être un type commode.

J'ai penché un peu plus ma tête par-dessus son épaule.

Je lui ai dit : « bonjour, vous allez à Besançon ? » Elle m'a regardé. Elle a regardé la borne d'affichage devant laquelle elle attendait et qui indiquait « Besançon. 9 h 24 ». Puis elle m'a dit « oui » d'un air infiniment malheureux. J'étais encore plus malheureux qu'elle. Nous étions tous très malheureux.

J'ai essayé de me rattraper. Je lui ai demandé : « vous écrivez des livres ? » J'ai aussitôt regretté cette phrase. Elle tenait un sac de voyage et, en bandoulière, une sacoche énorme qui devait être bourrée de bouquins et de manuscrits. Pourvu qu'elle ne soit pas trop connue, j'ai pensé. Pourvu qu'elle ne passe pas à la télé tous les deux mois. Elle a regardé sa sacoche bourrée à craquer. Elle m'a regardé. Elle avait un air encore plus triste. Elle m'a dit : « je suis Pasiphaé Rodriguez. »

Pasiphaé Rodriguez ! Un auteur de chez Busch & Sachtl ! Je venais tout juste de lire *Peut-être encore au Grand Jamais*. Il fallait que j'en tire parti pour me mettre en valeur. Mon esprit fonctionnait à cent à l'heure. J'ai commencé par prendre une expression de profond ravissement. « Ça alors ! j'ai fait. Je suis Phil Dechine. » J'étais hilare. Tout à fait le ton du type confronté à une coïncidence stupéfiante. Tout à fait la mine du gars ébahi par les hasards de la vie. Elle m'a observé avec étonnement, sa douleur comme arrêtée sur son visage. J'avais réussi à l'intriguer.

Jusque-là, j'avais bon.

Cependant il fallait faire vite. Je devais trouver quelque chose de plus original. Une entrée en matière fracassante. « J'ai adoré votre livre », j'ai dit. Et c'est vrai que j'avais aimé son roman. J'ai cru qu'elle allait se mettre à pleurer. Elle s'est mouchée. Elle m'a regardé du fond de ses yeux bleus. Elle m'a dit avec un air désolé : « moi, je n'ai pas du tout aimé le vôtre. »

Comme entrée en matière, je dois reconnaître que c'était nettement plus fracassant.

« Cette histoire du bonhomme qui mange son chien, ça m'a mise mal à l'aise d'entrée », elle a ajouté en se mouchant de nouveau. Depuis, j'ai appris que Pasiphaé Rodriguez avait un problème avec les animaux. Une peur invalidante. Pour être exact, elle ne craint que certaines bestioles : chiens, chats, oiseaux, lombrics, bigorneaux et protozoaires nageurs à cils vibratiles. Bon, ce sont des choses qui arrivent. Moi, par exemple, c'est le téléphone. Tout modèle, tout type. Du moment que ça sonne, ça me rend fou. Je peux comprendre ça. Mais à l'époque, je ne savais pas que Pasiphaé Rodriguez était atteinte d'un mal incurable semblable au mien. Elle était là devant moi, prête à fondre en sanglots. « Je n'ai pas du tout aimé votre livre », elle répétait, inconsolable.

J'ai failli la prendre dans mes bras. J'ai failli lui dire « ce n'est rien, ce n'est pas grave, ce n'est pas un très bon livre de toute façon, vous verrez, j'en ferai un meilleur la prochaine fois. » Mais Pierre Joyeux est arrivé. Pierre Joyeux est le directeur commercial de Busch & Sachtl. Il possède un calme olympien. Il résout tous les problèmes. Il a un sourire magique.

Envoyez Pierre Joyeux pour un séminaire à Gaza et il trouve dans la semaine une solution au conflit israélo-palestinien. Je crois qu'on n'utilise pas assez Pierre Joyeux. Je crois que sur le plan diplomatique, Pierre Joyeux est très en dessous de ses possibilités.

Ce jour-là, par exemple, eh bien, c'est lui qui avait les billets.

*

Le Salon a débuté le vendredi après-midi. J'étais au stand de la librairie Riobravo. Bruno Teinturier, le libraire, m'avait accueilli avec un enthousiasme qui faisait plaisir à voir. « Oh ! Phil Dechine ! Vous êtes Phil Dechine ? » m'avait-il dit en me rencontrant (je l'ai tout de suite trouvé sympathique). « Vous êtes *le* Phil Dechine ? Le Phil Dechine de *La Gazette littéraire* ? » a-t-il ajouté avec chaleur (j'aime autant vous dire que Bruno Teinturier est devenu mon ami).

« Oui, j'ai répondu, Phil Dechine de *La Gazette littéraire.* »

« Et aussi de *Sulfurique-Hebdo* », j'ai précisé par respect pour le pluralisme de la presse.

À partir de ce moment, Bruno Teinturier a tout fait pour que je me sente chez moi. Il s'est empressé de m'installer devant une pile de mes livres. Il est venu me porter un café en me demandant si tout allait bien. Il a tenu à régler lui-même la climatisation au-dessus de ma tête. Pendant qu'il s'affairait sur un escabeau, je préparais mes crayons, mes feutres et mon stylo à plume Rotring. Il était quatorze heures quinze. Les portes ouvraient dans un quart d'heure. J'attendais la ruée des lecteurs.

Devant moi, il y avait une pancarte où était écrit «Phil Dechine» et un grand panneau avec la première phrase de mon livre : «Ce matin, j'ai mangé mon dog.» J'avais toujours ma tenue de Belmondo, ma chemise rouge, ma veste grise. Je me sentais dans une forme du tonnerre.

Bruno Teinturier est descendu de son escabeau. Il m'a dit de lui faire signe si j'avais besoin de quoi que ce soit. Il m'a dit aussi qu'il avait prévu d'autres exemplaires de mon roman. Il m'a montré sous la table un carton qui en était rempli. Il y croyait de toute évidence, ça continuait de faire plaisir à voir. Et puis ça tombait bien : moi aussi, j'y croyais. À nous deux, nous allions faire des merveilles.

Le fait est que la première journée a été foudroyante. J'ai signé comme une brute pendant des heures. Je n'en revenais pas. J'avais à peine le temps de demander «comment tu t'appelles» à un lecteur, qu'il en arrivait un autre (oui, j'établis d'emblée un rapport d'intimité avec les gens, j'ai un instinct pour ça).

Quelquefois, il y avait la queue. Ça se bousculait, c'était stupéfiant. Ces lecteurs de Besançon, tout de même ! Quels amateurs de littérature ! Quels fanatiques de Phil Dechine !

Je leur disais : «holà, mes amis ! Vous voulez donc me tuer, ha ha ha !» Il en venait de partout. Ils pullulaient comme des mouches. Il fallait parfois que je me fâche pour éviter les incidents : «bon, toi, toi, toi et toi, vous réintégrez la file ou vous fichez le camp ! Et toi, si je te reprends à toucher mon Rotring avec tes doigts sales, tu vas avoir de mes nouvelles, j'aime autant te prévenir!» (oui, je n'hésite pas à poser des limites très claires aux gens qui viennent à moi, sans quoi on se laisse bouffer, j'ai un instinct pour ça aussi).

En milieu d'après-midi, j'ai eu un coup de fatigue. J'ai eu peur de ne pas tenir jusqu'au soir. J'avais des crampes au poignet et tout le long de l'avant-bras. Je n'avais jamais autant signé de ma vie. J'ai fini par dire à tous ces cinglés de littérature : «mais enfin, bande de larves, vous ne pouvez pas aller ailleurs? Y a quand même d'autres vedettes sur ce Salon! Y a pas de raison que je fasse tout le boulot tout seul! Faudrait voir à se répartir la tâche!» Ils me regardaient avec des yeux ronds, des yeux torpides de fanatiques de Phil Dechine. Je ne décolérais pas : «mais nom de Dieu, et Yann Queffélec, et Annie Duperey, et Jacques Salomé alors! Vous ne pouvez pas aller les voir un peu!»

Nouvelle séance d'yeux en boules de Loto.

Je me tournais vers Bruno Teinturier qui tenait la caisse derrière moi. «Bruno, je lui disais, Queffélec, Duperey, Salomé, qu'est-ce qu'ils foutent, nom de Dieu?» Bruno Teinturier haussait les épaules. Il m'adressait un sourire gêné. «Je crois qu'ils n'arrivent que demain», il répondait. «Ah oui?», je disais. Je sentais un délicieux frisson me remonter le dos. «Pas très professionnel, tout ça.» Et je revenais aux dizaines de mains qui se tendaient vers moi (oui, j'ai conscience de me devoir à mes lecteurs, c'est une sorte d'instinct professionnel, je ne peux pas m'en empêcher).

À la fermeture, Bruno Teinturier était aux anges.

Son stand avait pulvérisé tous les records de fréquentation. Les autres libraires nous jetaient des regards envieux. Pierre Joyeux était là aussi qui souriait. Il n'avait pas eu besoin d'intervenir. Il s'était contenté d'emmagasiner de la bonne énergie pour régler les problèmes à venir. Une force de la nature, ce Pierre Joyeux. Un rayonnement inouï. Quand tout va bien de façon naturelle, on a encore l'impression que c'est grâce à lui. C'est bien simple, placez Pierre Joyeux au stade de France un soir de finale et il est porté en triomphe à la fin quelle que soit l'équipe qui gagne.

Moi, bien sûr, je n'avais plus la force de me réjouir. J'avais tout donné pour Busch & Sachtl, pour Riobravo et pour la littérature. C'est à peine si dans le brouhaha général, la musique d'ambiance et les mouvements de la foule qui refluait, j'ai entendu l'animateur lancer les dernières annonces au micro : « école Jules-Ferry, école Alain-Fournier, école Victor-Hugo, groupement scolaire de Dole, groupement scolaire Ernest-Renan, les enfants sont priés de rejoindre le parking de la gare d'eau où les attendent les cars. »

J'étais abruti de fatigue. J'ai encore vu un lecteur entraîné par un groupe piquer une crise de nerfs en me montrant du doigt. Il était rouge pivoine, il pleurait à chaudes larmes en hurlant : « nan ! nan ! Je veux pas partir ! J'ai pas eu mon autographe du type qu'a bouffé son chien ! »

J'avais le poignet enflé et les doigts gourds.

J'avais signé des dizaines de cahiers d'écoliers, des centaines de demi-feuilles de papier quadrillé, des milliers de programmes distribués à l'entrée du Salon.

Je n'avais pas vendu un livre.

*

À l'inverse de certains auteurs que les nuées de marmots collectionneurs d'autographes agacent, j'attache la plus grande importance à ce premier contact avec les jeunes générations. Il ne faut pas oublier que les analphabètes d'aujourd'hui seront les illettrés de demain. Et comme dit Jacqueline de Romilly, on ne sait jamais ce qui demeure dans la mémoire des écoliers. Peut-être que dans vingt ans, un de ces gamins dira à sa femme avec une émotion mal contenue : « quand j'étais gosse, j'ai rencontré Belmondo à Besançon. Je crois qu'il venait de bouffer son yorkshire à l'époque. »

Et puis pour tout dire, j'aurais eu tort de me priver le vendredi, parce que le samedi, ça a été très calme.

Le samedi, Queffélec, Duperey et Salomé étaient là. Ils signaient à tour de bras, d'une manière industrielle. Il y avait une demi-heure d'attente devant leurs stands. Même ceux qui ne les connaissaient pas, en voyant l'attroupement, se précipitaient vers eux.

Un flux constant de lecteurs passaient devant moi sans me regarder. De temps en temps, l'un d'eux s'en écartait et s'approchait de ma table à pas prudents. Il posait une main timide sur mon livre, le retournait, lisait la quatrième de couverture. Soudain, il décampait sans un mot, l'air affolé. Il fuyait littéralement de crainte qu'un simple « bonjour » ne soit contractuel comme dans une salle des ventes. De crainte d'être contraint de repartir avec la cargaison entière des *Métaphysique du dog*.

110

Quelquefois, un visiteur plus hardi arrivait en ouvrant la bouche, un index levé. Je disais «ouiiiii?» très vite, d'une voix suave, pour le mettre en confiance. Il s'adressait à moi de profil, en cherchant des yeux quelque chose sur les autres stands. Il faisait : «'mande pardon. Cherche Queffélec. Cherche Duperey. Cherche Salomé. Où y sont, les écrivains?»

Du coup, j'étais beaucoup plus libre de mon temps que la veille. J'avais tout loisir de défroisser mes vêtements (chandail gris pâle sous veste marron, ceux de Belmondo dans *Une femme est une femme*, j'ai horreur des fautes de goût). Je vérifiais tous les quarts d'heure que mon Rotring était réapprovisionné et que le niveau d'encre restait suffisant dans la cartouche.

J'appelais Bruno Teinturier : «Bruno, je ne sais pas ce que c'est, ce doit être la clim, j'ai l'impression que l'encre s'évapore toute seule.» Bruno m'adressait un sourire navré. Il allait me chercher un café. Il montait sur son escabeau. Il m'appelait «cher Phil Dechine». C'était le meilleur ami que j'aie jamais eu.

De l'autre côté de l'allée, un poète me faisait face. Il ne faisait pas recette non plus. Il s'appelait Paul Lahuna. Nous nous sommes regardés pendant des heures en souriant, en hochant la tête avec des gestes d'impuissance. La distance qui nous séparait et le volume de la sono nous interdisaient toute conversation. Nous nous contentions de sourire en hochant la tête et en haussant les épaules. Les gens passaient devant nous et passaient. Nous hochions la tête. Nous nous souriions. Les gens passaient. Oh comme ils passaient !

Au bout de deux heures de ce face-à-face muet, Paul

Lahuna s'est levé. Il est venu vers moi. Je me demandais ce qu'il me voulait. Je m'apprêtais à le renseigner, à lui donner les indications qu'il désirait sur la topographie du Salon, l'emplacement des vedettes et le temps d'attente devant le stand de Jacques Salomé – moi, tout ce que je souhaitais, c'était parler à quelqu'un –, lorsqu'il m'a dit : « vous voulez bien me signer votre livre ? »

J'aime autant vous dire que Paul Lahuna est aussitôt devenu mon ami. Et j'aime autant vous dire que Paul Lahuna est un sacré bon poète. Un type fabuleusement sympathique, j'avais vu ça tout de suite.

L'ennui, c'est que la machine à cartes ne marchait plus. Et Paul Lahuna n'avait pas de monnaie. C'était un truc à vous faire capoter une carrière littéraire, à vous faire rentrer bredouille de votre premier Salon du livre. J'ai senti l'angoisse m'envahir. Une brusque poussée de fièvre m'a submergé tandis que mes jambes flageolaient. J'ai appelé Pierre Joyeux.

Pierre Joyeux est arrivé.

Pierre Joyeux a fait fonctionner son sourire magique.

Et j'ai vendu mon premier livre sans même savoir comment.

Pierre Joyeux est un type étonnant. Il a une capacité de négociation incroyable. Attendez un peu que Pierre Joyeux monte en puissance et vous verrez ce que je vous dis. Vous en entendrez parler dans les journaux. Jusqu'à présent le secrétariat général des Nations unies n'a pas vraiment tenu ses promesses, mais laissez donc à Pierre Joyeux le temps de trouver sa place dans le monde du XXIe siècle. Laissez donc

aux médias le temps de prendre conscience du phénomène, vous verrez.

Le lendemain, Pierre Joyeux a regagné Paris par le
premier train en partance de Besançon-Viotte. Il n'a
pas voulu le dire, mais j'étais sûr qu'il allait assister à
une session de méditation du quatorzième panchen-
lama de passage dans la capitale, sinon pourquoi
quitter Besançon un dimanche matin alors que la
vente de *Métaphysique du dog* battait son plein?

C'est vrai, je commençais à signer ce matin-là.
Queffélec et Salomé étaient repartis, Annie Duperey
ne s'était pas encore montrée. Le public, insatiable,
me découvrait.

À onze heures trente, j'avais vendu trois livres.

Près de moi, Pasiphaé Rodriguez était en grande
conversation avec un auteur que je ne connaissais pas,
mais dont le visage me disait quelque chose. Il avait
l'attitude dégagée d'un habitué du circuit de l'édition.
J'étais sûr de l'avoir vu à la télé, il y a longtemps. Je
cherchais, je cherchais. Impossible de me rappeler
son nom.

Jean-Roger Caussimon? me demandais-je. Non.
Jean-Roger Caussimon, c'est le théâtre. Et il y a des
siècles qu'il ne fait plus parler de lui. Et d'ailleurs, il
est mort. Angelo Branduardi alors? Non plus. Branduardi, son truc, c'est le violon. Et le violon, ça ne
demande pas une telle masse musculaire. À moins
que ce soit Danyel Gérard, ce chanteur des années
soixante-dix? La calvitie, le bouc, les cheveux longs,
tout y est. Sauf que c'est pas lui, flûte, j'ai l'air de
quoi? À tous les coups, je rate l'occasion de faire une

rencontre décisive ! C'est bien de moi, ça. Voilà comment on passe à côté de sa carrière !

À ce moment-là, l'homme a délaissé un instant Pasiphaé Rodriguez et m'a fait : « Ah ! Phil Dechine ! *Métaphysique du dog* ! Mon roman préféré de la rentrée ! »

Nom de Dieu, il a lu mon livre en plus ! Quel homme sympathique ! (Qu'est-ce qu'ils ont tous à être sympathiques comme ça ?) Mais comment il s'appelle, bon sang, comment il s'appelle ? Il a ajouté : « j'ai proposé votre livre pour le prix de l'humour du Festival des Trois-Monts. »

Membre d'un jury littéraire ! Il est membre d'un jury littéraire ! Il doit être archiconnu ! Le genre de type qu'on ne présente à personne. Une sommité, un fin lettré, un être délicat, sans doute sensible aux marques d'attention, aux manifestations raffinées de courtoisie et de savoir-vivre. C'est quoi son nom, bordel de merde, C'EST QUOI SON NOM ? Je jetais des coups d'œil égarés de tous côtés. J'étais paniqué. Pierre Joyeux n'était plus là. À cette heure, il devait écouter du Nusrat Fateh Ali Khan & Party en méditant les yoga-sutra de Patañjali dans une cave.

J'étais seul. Il n'y avait personne pour venir à mon secours. Je transpirais à grosses gouttes, parce que j'avais le col roulé noir sous veste grise de Belmondo dans *Un singe en hiver* et que la clim était en panne.

Je regardais mon interlocuteur d'un air idiot. J'étais paralysé. Je riais bêtement. Gné-hé-hé. Il me considérait avec indulgence. Il attendait quelque chose. Gné-hé-hé. Sans doute un remerciement, un mot gentil, un compliment pour son œuvre. Gné-hé-hé. Il a haussé un sourcil. Il a toussé. Puis il s'est excusé et s'est retourné vers Pasiphaé Rodriguez.

Gné-hé-hé.

Je continuais à glousser tout seul pour me donner une contenance. Gné-hé-hé. C'était un gloussement résiduel.

C'est à cet instant que ça m'est revenu. Jean-Michel Ribes ! C'est Jean-Michel Ribes ! L'humoriste bien connu, le réalisateur de télévision ! L'auteur inoubliable de *Merci, Bernard* et de *Ça, c'est palace* avec Roland Topor et Wolinski sur la troisième chaîne. Je les avais tous vus, j'en avais appris des répliques par cœur. Mais je ne savais pas, moi, qu'il écrivait des livres, Jean-Michel Ribes ! C'est pour ça que je ne l'ai pas reconnu, je ne savais pas. Quelquefois, on connaît les gens, mais dans un autre contexte, on ne les reconnaît pas. Moi, je l'aurais vu à la télévision, j'aurais su immédiatement qui c'était, mais là, non, je ne savais pas. C'était compréhensible. C'était humain. Même Jean-Michel Ribes pourrait se faire avoir de cette façon.

Mettons, par exemple, qu'il me voie demain à la télévision en tant que réalisateur (c'est une hypothèse de travail). À tous les coups, il ne se rappelle pas qui je suis, Jean-Michel Ribes. Ma main à couper qu'il se dit « je le connais », mais qu'il est incapable de vous dire que je suis Phil Dechine, l'auteur de son roman préféré de la rentrée. Et pourquoi ? Parce qu'il ne sait pas que je suis réalisateur de télévision (c'est toujours mon hypothèse de travail). Ce sera dans un autre contexte et là, mathématiquement, il ne se souviendra pas. La mémoire, c'est une affaire de contexte. Ce n'est pas compliqué. Si vous êtes dans un contexte de réalisateurs de télévision, ça se voit tout de suite que vous êtes Jean-Michel Ribes, mais si vous êtes dans un contexte d'écrivains, comment diable voulez-vous qu'on s'en rende compte ?

En attendant, j'avais manqué une occasion en or de devenir le meilleur ami de Jean-Michel Ribes. J'étais sûr qu'en lisant mon roman, il s'était dit avec un sentiment d'évidence qu'il fallait absolument qu'il l'adapte au cinéma et que maintenant, à cause de ce changement de contexte, ça ne lui paraissait plus évident du tout. C'était très dommageable, parce j'avais une autre hypothèse de travail dans laquelle je tenais le rôle principal de mon livre à l'écran. Le film faisait un tabac dans le monde entier, je remportais le prix d'interprétation à Cannes et je partais vivre à Los Angeles avec ma famille afin de poursuivre ma carrière à une échelle internationale.

C'était une hypothèse intéressante.

J'éprouvais du plaisir à la développer.

Il fallait à tout prix que je rattrape le coup auprès de Jean-Michel Ribes. Il était parti maintenant. Il avait rejoint sa place quelque part sous le chapiteau. Je réfléchissais à toute allure. J'entendais les connexions synaptiques grésiller dans mon cerveau. Une idée géniale m'est venue.

J'allais me faire dédicacer un de ses livres.

Il suffisait de me rendre sur son stand et de lui dire comme ça : «ah ! Monsieur Ribes ! Vous êtes là ! Quelle coïncidence ! Justement je pensais à vous !» Je m'assiérai sur sa table avec une décontraction mêlée de respect. «Monsieur Ribes, cette conversation que nous avons eue tout à l'heure m'a bouleversé. Tenez, signez-moi donc un livre pendant que nous discutons.»

Il sentira à quel point il est quelqu'un d'important pour moi, combien je le connais depuis toujours et, en même temps, il sera sensible à l'impression de chaleur humaine et de simplicité que je dégage. «Monsieur Ribes, vous avez tellement influencé mon travail.» À ces mots, il interrompra sa signature. Une grosse larme viendra humecter son œil. Et moi, j'utiliserai ma botte secrète. Une technique de manipulation mentale qui a fait ses preuves. Je dirai: «si vous saviez comme j'aime ce que vous faites, monsieur Ribes.» (c'est une technique qui m'a été enseignée par quelqu'un chez Busch & Sachtl) (cette personne m'a fait promettre de ne pas révéler son nom).

Jean-Michel Ribes sera drôlement ému. Ses yeux deviendront tout rouges. Mais je ne lui laisserai pas le temps de souffler. Sans prévenir, je changerai de registre.

Je créerai chez lui un choc comique.

Ce sera ma stratégie. Un savant dosage d'émotion et d'humour. Parce que l'humour, c'est son rayon à Jean-Michel Ribes. Et moi, l'humour, ça tombe bien, c'est mon domaine aussi. Import-export, gros, demi-gros, détail, j'en ai des hangars à céder.

Pendant qu'il cherchera une formule pour sa dédicace, je lui dirai comme ça: «ce que vous avez pu me faire rire, monsieur Ribes, avec vos émissions!» Il gloussera un peu de plaisir. Je continuerai: «ce Ronny

Couteure, quand même, quel type ! Quand il dit "j'ai testé pour vous", hein, c'est vraiment tordant ! » Alors Jean-Michel Ribes se souviendra de Ronny Couteure qui dit « j'ai testé pour vous » et il commencera à rire et je rirai aussi et je poursuivrai avec d'autres citations de son œuvre pour bien lui montrer que j'en suis le spécialiste mondial.

« Et Eva Darlan, hein, quand elle fait "soyez palace chez vous", poilante, Eva Darlan ! » Alors Jean-Michel Ribes commencera à ne plus pouvoir se contenir, parce qu'il avait un peu oublié Eva Darlan et que c'est vrai qu'elle était poilante. Moi, je me taperai sur le ventre de bon cœur. « Et Philippe Khorsand, le directeur ! Phénoménal, ce Philippe Khorsand, vous ne trouvez pas ? » Et Jean-Michel Ribes fera « si-hihihi ! » en hoquetant et en essuyant des larmes, parce que Philippe Khorsand lui était sorti de l'esprit et que, soudain, il le verra comme s'il y était.

« Et le professeur Rollin ! Le professeur Rollin ! » Nous serons pris de fou rire tous les deux. Nous nous donnerons de grandes claques sur les épaules. Je dirai « ouille, j'ai mal de rire comme ça » et Jean-Michel Ribes se fera pipi dessus à force de rigoler.

Là, il faudra que je reprenne le contrôle de la situation.

Je reviendrai à des considérations plus graves. Je lui dirai : « Monsieur Ribes, vos livres sont merveilleux. » Je lui dirai : « vous êtes mon maître en écriture. » Je lui dirai : « j'aimerais tant que ma femme vous connaisse, je lui parle de vous tous les jours. » Alors, Jean-Michel Ribes me lancera un regard profond. Son menton fré- mira, il y aura une perle de larme à la pointe de ses cils. Je mettrai un genou à terre. Il me posera une main sur une épaule. Et tout sera dit entre nous.

Je pourrai réserver mes billets pour Los Angeles.

Voilà comment ça allait se passer. Après avoir préparé le scénario et visualisé la scène, je me suis mis en quête du stand de Jean-Michel Ribes. J'ai commencé à arpenter le salon dans tous les sens. J'étais confiant. Ma préparation de l'entrevue était parfaite. J'étais sûr de maîtriser le déroulement des opérations.

Au détour d'une allée, j'ai vu Jean-Michel Ribes assis à une table. Il dédicaçait un de ses livres. Je me suis composé un visage attrayant. J'ai marché vers lui d'un pas chaloupé à la Belmondo. J'arborais un sourire communicatif. Lorsque j'ai atteint son stand, nous nous sommes tous deux aperçus de quelque chose. Il s'est aperçu que son auteur préféré de la rentrée se trouvait devant lui. Je me suis aperçu qu'il ne s'appelait pas Jean-Michel Ribes.

Il s'appelait Jean-Félix Dos Santos.

Jamais entendu ce nom.

Jamais vu ce type non plus probablement, ni à la télé ni ailleurs.

Mon sourire s'est figé. J'ai eu une légère crispation des paupières. Comme un tressaillement de tout le corps. Il se lissait le bouc entre deux doigts. Il avait de larges auréoles sous les bras. J'ai dit : « euh, fait chaud, hein ? Vous n'avez plus de clim vous non plus ? » Et j'ai fichu le camp sans attendre la réponse. Il a dû rester ébahi à me regarder m'éloigner avec ma démarche à la Belmondo.

Ça lui apprendra à se faire passer pour un autre.

Comme je dis toujours, la mémoire, c'est une ques-

tion de contexte. Quand vous voyez Jean-Michel
Ribes à la télé, vous pouvez être sûr que c'est Jean-
Michel Ribes. Mais si vous le voyez dans un salon,
ne vous faites pas avoir : c'est jamais que Jean-Félix
Dos Santos.

Leçon 7

La télévision

L'écran de télévision? Une ligne de démarcation entre deux maladies psychiatriques. Devant, vous êtes voyeur, derrière, vous êtes exhibitionniste. L'intérêt de publier un livre est généralement de vous guérir de la première pathologie en vous faisant contracter la seconde. Chez Busch & Sachtl, on m'avait prévenu. Il fallait que je me prépare à parler de mon roman. J'avais trouvé ça très drôle. Je leur disais : « arrêtez de me faire marcher. » Cependant Isabelle Dumas insistait. Elle voulait que je me tienne prêt. Je lui disais « bon, d'accord. » Et dès que j'avais raccroché, je pensais : ils sont gentils chez Busch & Sachtl. Tous. Très gentils. Et aussi un peu secoués. Mais qu'est-ce qu'ils me faisaient rire.

J'ai moins ri le jour où Morgane du Gravier m'a appelé pour m'annoncer que j'allais passer à la télé. J'ai fait : « hein ? » Elle m'a dit : « tu as obtenu le prix Mirabeau des vétérinaires. Tu es invité à l'émission de George-Patrick Stendhal sur la septième chaîne. Le plateau est prévu vendredi prochain. »

D'ordinaire, je ne crains pas de m'exprimer en public. Je suis graphiste professionnel, ne l'oublions pas. J'ai l'habitude de causer devant des staffs de trois, quatre et jusqu'à cinq personnes. Ah ah, à qui croyez-vous donc avoir affaire ? Cette fois-là, je ne sais ce qui m'a pris. J'ai laissé choir le téléphone. J'ai filé ventre à terre à travers la maison et ma femme m'a retrouvé deux heures plus tard au fond d'un placard, blotti dans du coton hydrophile, en train de grignoter des graines de tournesol grillé.

Le soir même, il n'y paraissait plus rien. Je tenais mes filles sur les genoux. Je leur racontais mes débuts en littérature, mon admiration de toujours pour George-Patrick Stendhal, la période de vaches maigres que j'avais traversée et les raisons pour lesquelles en fin de compte j'avais réussi à percer. Elles étaient émerveillées. Elles me posaient quantité de questions. J'y répondais en riant à gorge déployée. Comme c'était bon d'avoir des enfants et de les initier aux mystères de la vie, aux lois éternelles du succès !

Le téléphone n'arrêtait pas de sonner. Ma femme se précipitait pour attraper l'appareil, elle me le passait sans décrocher. J'étais d'une bonne humeur inaltérable. J'appuyais sur l'interrupteur. Je faisais : «moui, un prix littéraire, je crois, moui. » Je faisais : «moui, George-Patrick Stendhal, moui. » Je faisais : «sur la septième chaîne, vingt-trois heures, vendredi prochain. » Et quelquefois : «comment "qu'est-ce que je gagne" ! Mais enfin, maman, puisque je te dis que j'ai un prix littéraire ! »

Les jours suivants, nous avons vécu à la maison dans une ambiance de fête. Il n'était pratiquement question que de George-Patrick Stendhal. C'était devenu notre totem. Notre divinité domestique. Tous les soirs, nous nous prosternions en famille devant ses œuvres complètes. Avant le repas, je procédais à une lecture de *La Saga des escogriffes*. J'en faisais ensuite le commentaire pendant le dîner. Ma fille cadette avait maintenant quatre ans. Elle me demandait : « mais George-Patrick Stendhal, il a vraiment existé, papa ? » Elle ouvrait grand ses yeux de porcelaine. « Ah ah, je faisais. Oui, ma chérie, il a existé et il existe encore ! Et papa a eu raison de ne jamais douter de lui ! »

L'explication ne lui paraissait pas suffisante. Elle demandait : « mais il est comment George-Patrick Stendhal ? » J'étais ravi de lui apporter quelques précisions. « Né à Londres en 1950, de parents français, a obtenu le prix du roman de la Royal Academy of Arts en 1985 pour *La Saga des escogriffes*. » Ma fille réfléchissait un instant, puis elle reprenait : « mais alors, c'est comme toi, papa. » Je riais avec indulgence. « Ah ah, oui, ma chérie, c'est *presque* comme moi. » Je posais sur ma fille un regard attendri et amusé. « Seulement, moi, je ne suis pas encore membre de la Royal Academy of Arts, j'ajoutais. Il faudra que j'attende qu'une place se libère, ah ah ah. »

Hum.

Un jour, ma fille aînée est revenue de l'école, les genoux écorchés. Je me suis écrié : « mais sacré nom d'une pipe, que t'est-il arrivé ? » Elle a répondu : « on a joué au foot à la récré. » Elle venait d'avoir huit ans. Elle adorait le foot. C'était une chose qui me dépassait. Je n'en connaissais même pas les règles. Je n'avais jamais suivi un match de ma vie. Elle avait l'air très fière d'avoir joué au foot. Je ne voyais pas bien ce que ça pouvait avoir d'honorable. Elle m'aurait dit «j'ai lu les *Dharma Bums* de Kerouac à la récré», là oui, ça m'aurait impressionné, j'en aurais éprouvé un orgueil paternel démesuré, j'aurais pris aussi sec la voiture pour aller faire une annonce en ville à coups de mégaphone, mais le foot, non, je regrette, je ne voyais pas.

Bien sûr, elle ne se rendait pas compte de ma totale indifférence à ses exploits. C'est tout les enfants, ça. Entièrement centrés sur eux-mêmes, aveugles à la sensibilité de l'autre. Elle était pleine d'enthousiasme, les joues rosies. Elle n'avait autre chose en tête que de poursuivre le récit de cette mythique partie de foot dans la cour de récré. Je me suis résigné à l'écouter. Elle a repris, les yeux brillants : «c'est notre équipe qui a gagné. Rémi était Zinedine Zidane, Kevin était Barthez, Solal Thierry Henry...» J'ai réprimé un soupir. «Et toi, ma chérie, tu étais qui ?» j'ai demandé en faisant un gros effort sur moi-même. «Moi, j'étais George-Patrick Stendhal», elle a fait.

La vision de George-Patrick Stendhal en flottant de foot fluo galopant dans une cour de récré après un ballon m'a brutalement traversé l'esprit comme une décharge électrique perçant un bloc de gélatine.

Une bouffée de bonheur m'a emporté la poitrine.

C'était ma fille à moi, ça ! Pas la fille d'un vulgaire supporter de foot. La fille de Phil Dechine, prix Mirabeau des vétérinaires, futur membre de la Royal Academy of Arts, invité sur le plateau vendredi prochain !

*

Les jours qui ont précédé l'enregistrement de l'émission, ma tension nerveuse est montée d'un cran. Il ne s'agissait pas de trac ou d'excitation. Rien à voir avec ces émotions vulgaires de supporter. Je suis graphiste professionnel, ne l'oublions pas. Mon problème était différent. Je ne parvenais pas à savoir quels seraient les autres invités. Or, je me faisais fort de lire chacun de leurs livres. J'envisageais la situation de façon très professionnelle. J'allais faire des fiches et je les apprendrais par cœur. Avec ça, je me disais, tout marchera sur des roulettes. Quand George-Patrick Stendhal m'interrogera, je serai incisif, implacable, éblouissant.

Surtout, je dirai ce que je pense. Inutile de compter sur moi pour me complaire à de basses flatteries. Je suis comme ça, moi. Quand un livre est mauvais, je suis impitoyable. Je le dis à l'antenne. Je le dis devant des millions de téléspectateurs. C'est parce que je suis proche du public que je me comporte de cette façon. Je connais bien le public. Je l'ai rencontré au Salon du livre de Besançon. Le public a besoin de vérité. Le public aime que l'on soit honnête. Le public se souviendra longtemps de Phil Dechine, prix Mirabeau des vétérinaires 2002.

Évidemment, ma droiture aura ses avantages. Quand un livre sera bon, je le dirai aussi. Je n'hésiterai pas à clamer mon admiration. Je suis comme ça, moi. Je ne peux pas m'en empêcher. J'ai des colères d'enthousiasme. Vous voyez Jean-Pierre Coffe quand il dit pendant vingt minutes qu'une tomate est bonne et qu'il devient aussi rouge qu'elle en hurlant dans le micro ? Eh bien, moi, pareil, mais pour les livres.

À l'heure actuelle, je crois que ce type de démarche est salutaire. Je crois que notre société est assoiffée de désintéressement. C'est parce que je connais bien le public que je dis ça. Le public a besoin d'authenti-cité. Le public aime que l'on soit sincère. Croyez-moi, le public achètera longtemps les romans de Phil Dechine, prix Mirabeau des vétérinaires 2002.

Avec ce plan imparable, j'étais sûr de faire un tabac. L'ennui, c'est que personne n'était en mesure de me communiquer la liste exacte des invités. J'avais beau téléphoner toutes les deux heures au standard de la chaîne, je n'obtenais aucune information fiable. Le programme ne cessait de changer. À un moment, on m'a laissé entendre que John Malkovich serait sur le plateau. La nouvelle me transportait de joie, parce que John Malkovich était l'un de mes acteurs favoris et que j'en étais un peu le spécialiste mondial.

Son interprétation du vicomte de Valmont dans *Les Liaisons dangereuses* de Stephen Frears me paraissait remarquable. J'avais donc prévu d'y faire une allusion très fine pendant l'émission en rejouant une scène du film sans le dire à personne. J'en glisserais les répliques l'air de rien dans la conversation. Les autres invités n'y verraient que du feu, mais John Malkovich comprendrait tout de suite que je lui rendrais hom-mage et il deviendrait à l'instant mon meilleur ami.

Je visualisais déjà la scène.

George-Patrick Stendhal me dirait : « Phil Dechine, vous avez une vie bien remplie, qu'est-ce qui vous a poussé à écrire ce merveilleux premier roman de quatre-vingt-cinq pages ? » Alors j'inclinerais la tête avec grâce, je tapoterais l'accoudoir de l'index et du majeur et je répondrais à George-Patrick Stendhal en regardant fixement John Malkovich dans les yeux :

« on s'ennuie de tout, mon ange, c'est une loi de la nature ; ce n'est pas-ma-faute. »

George-Patrick Stendhal serait médusé. Il enchaînerait : « mais enfin, tout de même, l'écriture d'un bouquin pareil a dû vous prendre un temps fou ? » Je continuerais de tapoter l'accoudoir en fixant John Malkovich avec un demi-sourire : « si donc, je m'ennuie aujourd'hui d'une aventure qui m'a occupé entièrement depuis quatre mortels mois, ce n'est pas-ma-faute. »

George-Patrick Stendhal serait soufflé. Il peinerait à reprendre sa respiration. Il ferait : « quatre mois ! Vous avez une capacité de travail extraordinaire ! Vous pouvez dire un mot de vos projets à nos téléspectateurs ? » Mon sourire s'accentuerait en une petite moue qui ferait saillir mes pommettes. Je ne lâcherais pas John Malkovich du regard : « adieu, mon ange, je t'ai prise avec plaisir, je te quitte sans regret : je te reviendrai peut-être. Ainsi va le monde. Ce n'est pas-ma-faute. »

Un silence de plomb tomberait sur le plateau.

La grande scène de la rupture entre Valmont et Mme de Tourvel, ils en seraient tous sciés. Une improvisation de grande classe. Il n'y avait que moi et Fabrice Lucchini qui étions capables de faire ça en direct à la télévision. Et encore Fabrice Lucchini le fait-il par métier. Fabrice Lucchini est complètement cantonné dans sa profession de comédien, incapable de faire autre chose. Je suis sûr qu'il ne serait pas fichu d'obtenir le prix Mirabeau des vétérinaires en même temps.

Plus je considérais mon projet, plus j'avais la certitude que cette performance allait me valoir un succès foudroyant.

Mon plan était au point.

J'allais crever l'écran.

Bien sûr, il y a toujours des impondérables. En l'occurrence, cela n'a pas manqué. Un léger correctif a été apporté au programme. On m'en a informé la veille : John Malkovich ne venait pas. Il était remplacé par Luc Ferry, le ministre de l'Éducation nationale.

Bon, il n'y avait pas de quoi fouetter un chat. Pas de quoi perturber un stratège en communication de ma trempe. Je travaillais dans le marketing, ne l'oublions pas. Pour nous autres, graphistes professionnels, l'imprévu est une variable intégrée à notre système de comportement. Nous possédons une faculté d'adaptation exceptionnelle (allez donc répondre à un client qui vous pose une question tordue devant un staff de trois à cinq personnes et vous comprendrez de quel genre de faculté d'adaptation je veux parler).

Il est vrai que la substitution de Luc Ferry à John Malkovich allait compliquer ma tâche. Je n'étais pas certain que la grande scène de la rupture entre Valmont et Mme de Tourvel soit jouable avec Luc Ferry. Je craignais qu'il ne puisse interpréter son personnage au pied levé et que cela finisse par me déconcentrer. Dans une improvisation, la réactivité du partenaire est essentielle et, pour être honnête, j'avais peur que, dans le rôle de Mme de Tourvel, Luc Ferry manque un peu de présence.

Si, à la limite, j'avais eu Fabrice Lucchini, ça aurait été différent. Il aurait parlé à toute allure en postillonnant, les yeux exorbités, il aurait fait des gestes. Nous aurions rivalisé de brio. Mais je n'avais pas Fabrice Lucchini. J'avais Luc Ferry. C'était pas pareil. C'était un paramètre nouveau dont je devais tenir compte. J'avais beaucoup moins de chances de devenir le meilleur ami de John Malkovich maintenant.

Quant à devenir le meilleur ami du ministre, à première vue, ça risquait d'être plus difficile. En bonne logique, il était probable que mon tour de parole revienne quatre ou cinq fois au cours de l'émission. Or, je ne voyais pas comment George-Patrick Stendhal pourrait résister à la tentation de me confronter à lui. Certes, le ministre ne venait pas pour parler politique, mais pour la promotion de son dernier essai philosophique : *Qu'est-ce qu'une vie réussie ?*

Cependant, le spectacle, on sait ce que c'est.

Le public aime l'inattendu. Le public aime que ça saigne.

Le public aime qu'on sorte les invités sur des civières.

Dans ce contexte, George-Patrick Stendhal n'aurait pas été blâmable de m'utiliser au mieux de mes possibilités. Avec moi, il tenait une bombe, il l'avait vu tout de suite en lisant mon roman. Comment croyez-vous que les gens de la télé construisent des plateaux si détonants ? Ils connaissent sur le bout des doigts la personnalité de leurs invités. Ce sont tous de fins psychologues. Et c'est vrai qu'avec mon style, j'étais l'équivalent littéraire d'une grenade offensive. Plus j'y pensais, plus j'étais certain que George-Patrick Stendhal allait me dégoupiller au nez du ministre.

Il allait me dire comme ça : « dites-moi, Phil Dechine,

131

vous êtes graphiste professionnel ? Qu'est-ce que vous pensez de la politique erratique, effroyable et pour tout dire fantastiquement désordonnée de notre ministre ?»

Il compterait sur une réaction à la hauteur de ma réputation. Il espérerait que j'exploserais en une de ces diatribes violentes, brillantes et furieusement drôles dont j'ai le secret. Luc Ferry ferait alors un arrêt cardiaque en direct à la télévision. Il sortirait sous un masque à oxygène. L'audimat exploserait et mon intervention ferait date dans l'histoire de l'audiovisuel. De quoi reléguer aux oubliettes Romain Gary révélant son imposture littéraire ou Bukowski, ivre mort, furetant sous la jupe de Catherine Paysan en plein débat sur l'imparfait du subjonctif.

Mais, moi, je ne voulais de cela à aucun prix.

J'étais graphiste professionnel, ne l'oublions pas. Je crois avoir prouvé que je suis attaché à une certaine réserve. Pudeur et quant-à-soi, c'est ma devise. Et puis j'ai un faible pour les souffre-douleur, les mal-aimés. Et depuis quelque temps, le ministre était si contesté qu'on le sentait sur le siège éjectable. Pas question de le démolir davantage.

J'ai donc acheté son livre et le lendemain, dans le train qui me conduisait à Paris, je l'ai lu d'une traite, crayon en main. Je trouvais plein de remarques intelligentes à faire sur Socrate, sur Hegel, sur Nietzsche. Je prenais des tas de notes sur des bristols. Personne ne m'avait prévenu que je ne passerais qu'en fin d'émission et que Luc Ferry serait sorti depuis longtemps quand j'entrerais sur le plateau. J'écrivais, j'écrivais. J'avais des fiches partout sur la tablette. Je jubilais. J'allais avoir avec le ministre de l'Éducation nationale une conversation du plus haut niveau. C'était gagné d'avance !

*

Lorsque je suis arrivé dans les locaux de la chaîne, j'ai été accueilli par l'assistant qui accueille les gens qui arrivent dans les locaux de la chaîne. Il ne m'a pas dit son nom. Je ne l'ai pas revu ensuite. Nous avons passé une porte vitrée. Nous avons pris un ascenseur. Nous avons suivi des couloirs, franchi d'autres portes. Et là, je me suis retrouvé dans l'antichambre du studio où j'ai été pris en charge par l'assistant qui prend en charge les gens qui se retrouvent dans l'antichambre du studio. Il ne m'a pas dit son nom non plus. Je ne l'ai pas revu davantage.

Il y avait des gens partout. Les uns avaient l'air très occupés, les autres paraissaient guetter quelque chose. On m'avait indiqué les salons d'attente. Dans l'un d'eux, un buffet était dressé, un barman servait des rafraîchissements. Des personnes bien mises sirotaient un verre et regardaient un écran où se déroulait l'émission en cours d'enregistrement.

Je n'avais pas soif. J'étais mort d'angoisse, le visage défait et blafard. Je détestais avoir le sentiment de ne pas maîtriser mon destin, de ne rien comprendre à rien, de ne pas savoir qui est qui. Je me sentais l'équivalent d'une baudruche lâchée sur un stand de tir, flottant dans une cage ventilée un jour de fête foraine. J'avais l'impression que quelqu'un quelque part était en train de charger sa carabine.

Par chance, la télé, c'est un peu comme dans les

133

avions. Il se passe toujours quelque chose pour ne pas vous laisser le temps d'avoir peur. Cinq minutes ne s'étaient pas écoulées que j'étais introduit dans le salon de maquillage. Il y avait un grand miroir surmonté de spots et des fauteuils pivotants à vérin. La maquilleuse a commencé à me tartiner le visage. Avec la poudre, j'avais l'air encore plus blafard qu'avant. J'avais la tête d'un type sur le point de perdre son emploi. C'est bien simple, il me semblait que c'était moi qui avais écrit *Qu'est-ce qu'une vie réussie ?*

Un cameraman est arrivé. Il voulait faire quelques images pour la séquence de générique. En voyant l'objectif de sa caméra, je me suis ressaisi. Je lui ai dit : « mais bien sûr, pas de problème, vous préférez des prises de vue statiques ou en mouvement ? » J'ai senti qu'il était impressionné. J'ai ajouté en haussant un sourcil : « c'est une Bêta Combo, votre bécane, là, du numérique ou du 3/4 de pouce BVU ? » Il m'a jeté un regard de profond respect. Prix Mirabeau des vétérinaires et compétent en technique audiovisuelle pure. Même Fabrice Lucchini ne pouvait en dire autant.

Après ça, inutile d'ajouter que le cameraman me mangeait dans la main. J'ai demandé à faire quelques prises dans le couloir qui mène au studio, veste sur l'épaule, démarche déhanchée, façon haute couture. Je me sentais prodigieusement décontracté. J'avançais en jetant des coups d'œil amusés à droite et à gauche comme un vieil habitué de la maison, comme un type revenu de tout, mais que passionnent encore les menus incidents de la vie.

Un rien m'enchantait. Je croisais des gens. De parfaits inconnus. Je leur souriais l'air de dire : « tiens, tu es là, toi ! Et toi aussi ? Ah ah, mais vous êtes tous là, alors ? » Je me rapprochais du cameraman qui n'en perdait pas une miette. Je faisais mine de l'ignorer. Je savais qu'il ne fallait pas regarder l'œil de la caméra, tous les professionnels savent ça. Arrivé à sa hauteur, j'ai eu une inspiration. C'était juste devant la porte. J'ai fait une triple pirouette à la Gene Kelly et je suis sorti en *moonwalk* en marche arrière. Je poussais de petits cris aigus comme Michael Jackson : « houu ! aaouh ! »

Je suis revenu aussitôt dans le couloir pour voir l'effet produit. Le cameraman était pétrifié. Il tenait la caméra contre sa poitrine sans bouger, l'œil rond. J'ai ri avec indulgence. C'était un émotif, ce garçon, mais il fallait comprendre. Il ne devait pas voir ça tous les jours. À force de fréquenter des types au registre limité comme Ferry ou Lucchini, on devient vite impressionnable.

« Alors, bonhomme, je lui ai fait. C'est dans la boîte ? »

Il est resté muet. On aurait dit qu'il portait un monocle sauf que c'était son œil qui saillait. Je l'avais ébloui. Il avait un problème de réadaptation oculaire, il peinait à retrouver ses esprits.

Moi, je riais de manière sympathique. Je riais de son éblouissement. Ces jeunes quand même, tout feu tout flamme, on peut faire quelques prises, monsieur Dechine, et à la première performance, au premier numéro d'acteur qui sort un peu de l'ordinaire, les voilà hors d'usage, allongés les bras en croix. Ah, ces gamins, il faudrait les envoyer en stage devant un staff de trois à cinq personnes, tiens, ça développerait leur faculté d'adaptation.

Soudain, une vive inquiétude s'est emparée de moi. J'ai regardé le cameraman, j'ai regardé sa machine. J'ai demandé : «dis, petit, à un moment, j'ai fait un sourire assez chouette en relevant le coin de la bouche comme ça, tu l'as pris, ça, au moins, tu l'as bien pris ? » J'ai ajouté : «ou tu veux que je le refasse ? »

Il a détalé ventre à terre.

Il l'avait pris.

*

Je ne sais comment je me suis retrouvé sur le plateau. J'étais assis dans l'ombre derrière les caméras. Je ne me rendais plus compte de rien. L'assistant qui s'occupe du plan de plateau était venu me montrer le fauteuil sur lequel je devais aller m'installer quand on m'appellerait. Je l'avais écouté d'une oreille distraite. J'avais du mal à fixer les informations.

Un ingénieur du son m'avait équipé d'un micro-cravate. Il avait fureté dans les poches de ma veste et je l'avais laissé faire. C'était la première fois que je me laissais palper un quart d'heure par un inconnu sans une bonne raison médicale ou sans lui envoyer mon poing dans la figure (je ne me rendais plus compte de rien, je vous dis).

Devant moi, en pleine lumière, George-Patrick Stendhal conversait avec ses invités. Je n'entendais rien. Je me concentrais. (J'aime tellement ce que vous faites, monsieur Stendhal). Tous ces gens devaient tenir des propos passionnants, mais je n'avais pas le temps de les écouter. Je me préparais. (Je me sens si proche de vous, j'ai lu tous vos livres, monsieur Stendhal). J'étais sur les starting-blocks. J'allais faire un carnage. (Prodigieuse, votre biographie de Proust, monsieur Stendhal, et je sais de quoi je parle : je suis graphiste professionnel). J'allais bondir à l'appel de mon nom et là, le festival allait commencer. Un vrai feu d'artifice. (J'ai adoré *La Saga des escogriffes*, monsieur Stendhal, votre meilleur livre, il n'y a pas de doute, je ne laisserai personne prétendre le contraire). Oui, ça allait crépiter, gare aux brûlures aux premiers rangs ! (J'ai même lu vos futurs ouvrages, monsieur Stendhal. *L'Âme fétide*, par exemple, que vous publierez dans deux ans, excellent, je vous conseille de l'écrire, monsieur Stendhal).

J'attendais. Quelques minutes encore et j'allais être bon. Nom de Dieu, ce que j'allais être bon !

Soudain, on m'a appelé. J'ai marché à grands pas vers ma place. Le public applaudissait. George-Patrick Stendhal m'a très gentiment présenté. (J'aime tellement ce que vous faites, monsieur Stendhal). Ça se voyait tout de suite qu'il avait adoré mon livre. C'était formidable de s'apprécier mutuellement comme ça. Il était d'un enthousiasme fanatique. Il ne pouvait s'empêcher de me poser des questions. Ça n'arrêtait pas. Quelle publicité, il me faisait ! Et encore des questions. À peine en avait-il posé une, qu'une autre arrivait. De véritables salves. C'est pas possible, je me disais, il faut qu'on se rencontre, on a des tas de choses à se dire tous les deux. J'étais ébloui par l'intelligence de George-Patrick Stendhal. Il avait perçu la densité et la multiplicité de plans de mon roman. Les questions affluaient à un débit torrentiel maintenant. Dingue, je me disais, si seulement on avait une minute pour se parler, on pourrait échanger des idées en pagaille. Je vivais un moment unique. Je regrettais de ne pas avoir mon agenda pour le consigner. Mais ça allait beaucoup trop vite de toute façon. C'était déjà formidable d'écouter toutes ces questions.

À un moment, j'ai réussi à intervenir. J'ai amorcé une phrase ciselée, flamboyante, qui allait l'époustoufler. J'ai fait : « j'aime tellement ce que v… » Mon voisin de gauche m'a coupé la parole. Il a lancé une formule qui devait être drôle, parce qu'elle l'a fait beaucoup rire, mais je n'ai rien compris. J'ai repris à l'intention du seul George-Patrick Stendhal (c'était un dialogue entre lui et moi maintenant) : « j'aime tellement ce que v… » Mon voisin de droite m'a coupé la parole. Je n'ai pas compris davantage, mais cette fois, j'ai hurlé de rire. D'ailleurs, j'étais le seul. Il y a eu un silence de stupéfaction. J'en ai profité pour reprendre la main : « j'aime tellement ce que v… »

Hélas, le temps pressait. George-Patrick Stendhal était nerveux. Des gens lui faisaient de grands signes dans l'ombre derrière les caméras. Il a dû conclure à contrecœur. Il avait encore des tonnes de questions à me poser. Enfin, on ferait une spéciale Phil Dechine une autre fois. Il m'a remercié, il a remercié les autres invités, il a tendu mon livre vers les caméras et subitement, tout le monde s'est mis à bouger dans tous les sens.

L'émission était terminée. J'ai voulu me précipiter vers lui pour prendre un rendez-vous. Je pouvais le recevoir en fin de semaine, ce week-end si ma femme était d'accord. Il s'installerait dans la chambre d'amis, nous pourrions deviser de littérature en paix. Mais des photographes ont bondi sur le plateau et m'ont demandé de ne pas bouger.

Moi seul.

Les autres invités se levaient dans l'indifférence générale. De toute évidence, les photographes avaient compris l'importance de l'événement. L'intérêt quasi obsessionnel que George-Patrick Stendhal venait de manifester à mon endroit indiquait sans ambiguïté ce qui venait de se produire.

Un génie de la littérature était né en direct.

Tandis que les flashes m'éblouissaient et que je prenais les poses les plus avantageuses (main sous le menton, index replié sous la bouche ou remontant le long de la joue, que des postures d'écrivain), je me demandais tout de même pour qui ces types travaillaient. C'était la presse *people*, à coup sûr. Ce n'était pas le genre de la presse littéraire de mitrailler de la sorte. Il devait s'agir de *Paris Match* ou de *Voici* ou de *Gala*. Des magazines friands de sensationnel et de coups médiatiques.

«Mon Dieu, je me disais (je souriais de toutes mes dents). Pourvu qu'ils ne commencent pas à déballer ma vie privée! Moi qui ai horreur de parler de moi, moi qui suis si pudique!» Tout à coup, mon sourire s'est figé. «Et mon numéro de téléphone! j'ai pensé. Pourvu qu'ils ne publient pas mon numéro de téléphone!»

J'ai fichu le camp sans demander mon reste.

À la sortie, j'ai retrouvé Morgane du Gravier. Je lui ai parlé des paparazzi qui voulaient détruire ma vie privée, la livrer en pâture au public. J'étais en transe. Dans les rues, je me cachais de la foule en remontant ma veste sur ma tête.

Morgane du Gravier m'a dit : « mais non, qu'est-ce que tu. »

Elle a précisé : « il ne faut pas, enfin bon. »

Elle a conclu : « ou alors quelquefois, mais pffff. »

C'était clair comme de l'eau de roche. J'avais été mitraillé par des photographes de plateau. Ils constituaient des archives, des banques d'images pour les magazines spécialisés au cas où je repasserais à la télé. On pouvait compter sur leur discrétion, ils n'en faisaient qu'une utilisation modérée. De mémoire de Morgane du Gravier, une destruction de vie privée par des photographes de plateau, ça ne s'était jamais vu.

Aujourd'hui, je confirme l'exactitude de cette information.

Après George-Patrick Stendhal, j'ai fait trois télés locales, la bande-annonce du vidéoclub de Millau et un site d'amis des bêtes sur Internet. Eh bien, côté presse *people*, je suis catégorique, ça a été très calme, très respectueux de mon intimité.

À croire que les gens de la profession s'étaient donné le mot. Ils savaient qu'un génie de la littérature préfère se tenir éloigné des feux de la rampe. Ils étaient conscients que j'avais besoin de solitude et de recueillement pour composer mon œuvre. Après tout, mes livres parlaient pour moi. J'étais un homme de l'écrit. Une âme sensible peu disposée à la prise de parole en public.

Un graphiste professionnel, ne l'oublions pas.

Leçon 8

Les prix littéraires

Métaphysique du dog avait remporté le prix Mirabeau des vétérinaires à la surprise générale. Je devais aller le recevoir en province, dans un village appelé Saint-Marsac. L'endroit était joli et le cadre avait été jugé plus pittoresque qu'un salon parisien pour la cérémonie officielle. Morgane du Gravier m'accompagnait. George-Patrick Stendhal, qui venait d'être sacré lauréat du prix Mirabeau de la critique, était aussi du voyage.

J'avais passé la nuit à Paris dans un hôtel où j'avais très peu dormi. J'étais sur les nerfs, épuisé par plusieurs semaines de promotion, de travaux graphiques pour des marques de macaronis et de séances de pédagogie familiale où je tentais d'expliquer à mes filles que les lois éternelles du succès avaient quelque chose d'irrésistible (ma fille aînée estimait que c'était elle qui devait être irrésistible, elle préférait quand je n'étais pas célèbre et qu'on me voyait davantage à la maison).

Lorsque, au petit matin, je suis arrivé à la gare d'Austerlitz, j'étais dans un état lamentable. J'avais la nausée, la migraine, je me sentais au bord de l'évanouissement. Quand le train s'est mis en marche et que le roulis a commencé à secouer mes entrailles, j'ai senti mon anneau pylorique se dilater dangereusement. George-Patrick Stendhal, qui était assis en face de moi, a dû me prendre pour un grossier personnage, parce que je n'ai pas desserré les mâchoires de tout le trajet alors que c'était seulement par considération pour son pantalon de flanelle.

Nous sommes descendus dans une gare de campagne, à une trentaine de kilomètres de Saint-Marsac. Deux aimables personnes nous attendaient avec une grosse voiture. Il manquait quelqu'un, un critique de *L'Argus des livres* qui devait prononcer une conférence dans la soirée. J'avais prévu de passer la nuit à Saint-Marsac dans le seul but de l'écouter. C'est Morgane du Gravier qui me l'avait conseillé. Elle est attachée de presse. Elle connaît les ficelles du métier et les tréfonds de l'âme humaine. Elle m'avait prévenu qu'entre ce journaliste et moi, ça allait être une rencontre magnifique.

En attendant, il n'était pas là. Un contretemps sans doute. Nous en apprendrions un peu plus dans le courant de la journée.

Sur la route, mon malaise a pris une tournure inquiétante. J'avais laissé George-Patrick Stendhal monter à l'avant, parce que tout de même, hein, c'était George-Patrick Stendhal. J'avais beau être un écrivain en pleine ascension, je n'en conservais pas moins un sens aigu de la hiérarchie. Je voulais marquer une déférence de bon aloi envers George-Patrick Stendhal. Je voulais lui montrer combien j'étais modeste et à quel point je savais rester à ma place.

144

C'est pour ça que je l'avais laissé monter à l'avant. Vous pensez bien que, dans le cas contraire, il aurait fallu qu'il se contente de partager la banquette arrière avec le comité d'accueil, je suis tout de même Phil Dechine, nom de Dieu !

George-Patrick Stendhal a été charmant, je n'ai rien à lui reprocher. Il faisait tous les frais de la conversation. Et quand je dis «de la conversation», je devrais dire «du monologue». Il racontait des anecdotes, il multipliait des plaisanteries, quel brillant causeur ! Moi aussi, je suis un brillant causeur quand une tempête de bile ne souffle pas sur mon estomac en provoquant des creux de deux mètres.

Oh seigneur.

J'étais vert-de-gris.

Des gouttes de sueur perlaient à mes tempes. George-Patrick Stendhal devait me prendre pour un rustre, parce que chaque fois qu'il se retournait pour me dire un mot gentil, je le fixais avec un regard dur, les lèvres blanches et contractées, comme si je refusais haineusement la conversation (alors que je refusais seulement que ma tempête de bile quitte l'habitacle de mon estomac pour se répandre dans celui de la voiture).

Arrivés à Saint-Marsac, nous avons été conduits au musée Mirabeau pour une visite guidée. La presse locale était là. Les flashes crépitaient. Mon estomac était de plus en plus susceptible.

Le visage blême, j'apprenais que le comte de Mirabeau, avant de devenir pamphlétaire, diplomate, puis député aux États généraux en 1789, avait été guéri d'une infection pulmonaire par un célèbre médecin de Saint-Marsac. Il l'avait chaleureusement remercié dans une lettre que la municipalité avait conservée comme une relique. Elle était désormais la pièce maîtresse et l'unique justification du musée Mirabeau du village. Le conservateur s'enorgueillissait de l'exhiber sous une vitrine. Tout le monde s'extasiait. Certains poussaient des cris admiratifs. Personnellement, l'information ne me touchait guère. Entre nous, la médecine, je n'en avais rien à fiche.

J'étais préoccupé par mon canal cholédoque.

Le canal cholédoque est ce tuyau imbécile qui conduit la bile vers le duodénum. Le mien était envahi par un flot furieux de cholé qui se trompait de direction et refluait vers l'estomac par l'anneau dilaté de mon pylore. Un torrent acide s'engouffrait à gros bouillons dans la première anse du jéjunum et se déversait dans ma cavité gastrique. Celle-ci était dépassée par les événements, aussi débordée qu'un bassin de marée un jour d'équinoxe. Bref, il y avait du grain. Le petit ciré jaune n'allait pas tarder à s'imposer. Alors, vous voyez si j'avais le temps de me préoccuper de médecine.

Je suivais la troupe que formaient le guide, le comité d'accueil, les journalistes et les invités. J'avais des haut-le-cœur de plus en plus rapprochés. Il fallait pourtant faire bonne figure. Je trottinais derrière George-Patrick Stendhal comme son ombre. J'étais drôlement respectueux. Quand il parlait, je l'écoutais. Quand il ne parlait pas, je l'écoutais. Quand il quittait une pièce, je l'écoutais encore.

Je ne me départais pas d'un sourire douloureux. Un sourire jaune comme une anticipation des brutalités météorologiques à venir. Toute cette bonne humeur autour de moi ! Le temps allait se couvrir salement dans les prochaines minutes, il y aurait des victimes et j'étais le seul à le savoir, je ne sais pas si vous imaginez le tragique de la situation ! Posséder une information vitale au milieu d'une foule d'innocents, j'en connais qui vous écrivent un thriller avec moins que ça.

Une journaliste d'une télé locale m'a demandé si nous pouvions faire un bout d'interview. Mon estomac s'est contracté avec violence. « Mais bien sûr, avec joie », ai-je répondu. J'avais les jambes en coton, la nuque moite de sueur. Je me suis appuyé contre une table, les bras croisés. Le cameraman a fait quelques réglages. L'ingénieur du son a tendu sa perche. Mon estomac a fait une double vrille. « Phil Dechine, vous êtes venu aujourd'hui à Saint-Marsac recevoir le prix Mirabeau des vétérinaires. C'est une consécration ? » J'ai souri avec modestie en contrôlant tous les muscles de mon visage. Mon estomac a fait un triple salto.

« Oui », j'ai dit.

Il y a eu un silence.

La journaliste a paru attendre quelque chose. Puis elle a consulté ses fiches et a enchaîné : « Phil Dechine, votre premier roman a été très bien accueilli par la critique, c'est une surprise pour vous ? » J'ai encore souri, d'un sourire très doux, très serein. Mon estomac entrait dans les convulsions de l'agonie.

J'ai fait « oui » sans rien laisser paraître.

Il y a eu un nouveau silence.

La journaliste perdait contenance. Mon calme de

toute évidence l'impressionnait. Même miné de l'intérieur, je conservais une équanimité de surface qui témoignait d'un grand professionnalisme. Elle a tenté autre chose : « Phil Dechine, quelle importance accordez-vous à un prix remis par un jury de praticiens vétérinaires ? »

J'ai répondu « oui » du tac au tac, sans réfléchir.

Cette fois, elle était méduseé. Mon sourire communiquait à mon visage la maturité d'un sage sur la rive du Yang-Tsê Kiang. J'avais atteint le degré suprême de l'illumination. Mon estomac s'était pendu à mon œsophage et gigotait comme un pauvre diable qui refuse de mourir. J'ai pensé que je ne devais pas en rester là. J'ai pensé qu'il fallait conclure cette interview par une sentence définitive avant d'aller vomir dans les toilettes. Je me suis souvenu d'une maxime de Chamfort. « En vivant et en voyant les hommes, il faut que le cœur se brise ou se bronze. »

J'ai dit ça sans me séparer de mon sourire imperturbable, c'était une marque de fabrique maintenant, un truc qui me caractériserait dans les médias. Phil Dechine, le bouddha de la littérature. La journaliste était éberluée. Le perchman se cramponnait au micro. Le cameraman ne bougeait plus. Je voyais le témoin lumineux qui restait allumé et qui clignotait. J'ai fait un dernier sourire. J'ai eu un hoquet. Et j'ai quitté la pièce, le cœur brisé.

*

C'est au restaurant que mon malaise a abordé sa phase critique. Jusque-là, ce n'était rien. Jusque-là, c'était bucolique. Le remue-ménage que j'avais perçu le matin dans mon abdomen n'était qu'un délicieux gazouillis en comparaison de ce qui allait suivre. L'équivalent du frottement des plaques tectoniques précédant l'éruption du Vésuve et l'ensevelissement de Pompéi en 79 après J.-C. Je devais me rendre à l'évidence : le drame n'en était qu'au premier acte. Mon canal cholédoque allait encore faire des siennes. Les atrocités n'avaient pas vraiment commencé.

Dans la salle du restaurant, je m'étais laissé entraîner vers la table sans avoir eu le temps de me rafraîchir ni de reprendre mes esprits. Quelques notables locaux y participaient. J'étais assis à côté du président du jury de vétérinaires qui m'avait récompensé. Mes oreilles bourdonnaient. La nausée montait, montait. Je me sentais frappé par une terrible fatalité pylorique. Une saveur d'amertume de très mauvais augure atteignait par moments mon pharynx et brûlait au lance-flammes mes papilles gustatives.

On nous servait des bouchées à la reine. Leur croûte feuilletée laissait apparaître de petits monticules de viande qui émergeaient d'une sauce blanche assez terne et compacte. Je me suis mis à découper le contenant et à étaler le contenu tout en essuyant la sueur sur mon front. La sauce était grumeleuse et avait tendance à sécher comme une couche de mastic. Je ne pouvais me décider à piquer un morceau avec ma fourchette. Mon canal cholédoque bouillonnait. C'était un fleuve en crue. C'était l'Amazone. Il dévastait tout sur son passage.

Entre deux remous, j'entendis qu'il y avait de l'animation à l'autre bout de la table. On venait d'apprendre que le journaliste de *L'Argus* était souffrant et qu'il ne viendrait pas pour la conférence du soir. Pauvre journaliste de *L'Argus* ! Même manquée, notre rencontre était magnifique ! Je l'imaginais rampant chez lui toute la journée, de la chambre à coucher au cabinet de toilette, se pressant citron sur citron, avalant de pleines louches de Phosphalugel, recroquevillé dans son lit, brisé par les spasmes gastro-duodénaux. Oh comme je le comprenais !

En attendant, moi, j'étais là.

Je n'étais pas officiellement souffrant. Il fallait que je tienne le coup. En face de moi, George-Patrick Stendhal se dévouait pour animer la tablée avec délicatesse. Il était drôle et passionnant. Je le remerciais à part moi d'accomplir le travail à ma place. D'habitude, roi de la fête, c'est plutôt ma partie. Quand le rôle ne m'est pas dévolu d'office, je m'en empare sans coup férir. Il est vrai que j'ai le profil de l'emploi : impayable, chaleureux, convivial, je focalise l'attention de tous. Cependant ce n'était pas mon jour. J'avais les oreilles qui bourdonnaient, le canal cholédoque en compote et un lance-flammes coincé entre les amygdales.

D'un autre côté, roi de la fête, j'en avais rien à fiche.

Je déteste faire mon intéressant devant des gens que je ne connais pas. Il y en a peut-être qui aiment babiller comme des pies borgnes en public. Moi, je la boucle. Impayable, chaleureux, convivial, d'accord. Mais je n'aime pas que ça se sache. Et d'ailleurs, ça ne se sait pas. Tout le monde me prend pour une brute.

Ça ne faisait donc que se confirmer. Non content de chipoter, je ne suivais pas la conversation. Je craignais même de la quitter d'un instant à l'autre. Un sifflement continu me déchirait les tympans et un voile noir tombait par intermittence sur mes yeux. Encore une minute et j'allais m'évanouir.

Je me suis levé comme un automate.

Ça y était. C'était le déshonneur. J'avouais que j'étais dérangé.

La rumeur allait filer bon train. Il ne fallait pas espérer qu'on m'épargne. Je voyais d'ici les manchettes des journaux : «Phil Dechine, terrassé par un mal mystérieux lors de la remise du prix Mirabeau des vétérinaires.» Ils allaient s'acharner, il fallait s'y attendre. Ce serait une surenchère. Une exploitation à outrance de mon infortune. «Phil Dechine, lendemain de cuite à Saint-Marsac.» La calomnie maintenant. Ils étaient prêts à tout. Dès qu'on a un peu de succès, on excite la jalousie des médiocres, l'hystérie des malfaisants. «Phil Dechine : une cure de désintoxication s'impose.» Les salauds ! Ils ne reculent devant rien. Je les poursuivrai en justice !

Je suis sorti du restaurant. Il pleuvait.

J'étais furieux contre la bassesse des hommes.

J'ai marché dans les rues de Saint-Marsac jusqu'à l'hôtel. Je me suis étendu quelques minutes dans ma chambre pour retrouver des forces et stabiliser mon estomac. La pièce n'était pas chauffée. Il y régnait un froid épouvantable. De la vapeur s'échappait de ma bouche à chaque expiration. J'ai coincé mes bras sous mon dos pour me rendre plus compact et éviter les déperditions de chaleur. J'ai fait une dizaine de respirations abdominales, une bonne vieille technique de prânayâma que j'avais lue dans un livre (*Lumière sur le Prânayâma* de B.K.S. Iyengar, c'est Pierre Joyeux qui me l'avait prêté).

J'ai aussitôt senti une formidable énergie karmique m'envahir. J'avais du prâna plein les narines (je ne sais pas si je vous l'ai dit, mais Pierre Joyeux est vraiment un type étonnant).

Je me suis redressé. Mon canal cholédoque était maté.

J'ai quitté la chambre et je suis remonté au combat.

*

La remise du prix a eu lieu en fin d'après-midi à la mairie. Le tout-Saint-Marsac était là. Un vieux monsieur faisait un discours. En alexandrins. Il était charmant. Il portait une lavallière et une fine moustache blanche. Il remerciait l'adjointe au maire, les responsables de l'association Mirabeau, la bibliothécaire et les divers invités qui se tenaient en rond autour du buffet. Il leur donnait la parole un par un au fil de son poème.

« Merci à vous, ô étoile de Saint-Marsac… », il faisait.

Il parlait avec des gestes lents et lyriques. « Merci à vous, ô logarithme cosmique… » Il avait un petit mot pour chacun. Quand il avait fini son compliment, il fallait s'avancer, remercier à son tour et le laisser poursuivre sa litanie en vers de douze pieds. C'était gentil, c'était touchant, c'était interminable.

Je regardais, posé sur la table, le buste de Mirabeau qu'on s'apprêtait à m'offrir. Il allait faire drôlement bien dans ma bibliothèque. « Merci à vous, ô atomes d'hydrogène, festons d'améthystes…» disait le vieux monsieur. Je le mettrai sur la première étagère, à côté des cadres où figurait déjà le portrait de George-Patrick Stendhal ainsi que les articles de mes protecteurs de *La Gazette littéraire* et de *Sulfurique-Hebdo*.

«Merci à vous, ô céleste contre-ut, coryphée des fanfares…» Je me demandais si c'était de l'authentique pierre reconstituée. Il semblait massif, très lourd. Il allait épater ma femme.

«Merci à vous, ô pétale aurifère, fleur des Atlantes…» J'avais une envie terrible de le soupeser pour savoir s'il était aussi cossu qu'il en avait l'air. C'était pas du plâtre au moins?

«Merci à vous, ô sylve ajourée, patio des Hespérides…» Ce discours n'en finissait pas, j'étais vraiment impatient de poser mes mains sur ce buste. Il devait valoir un joli paquet de pognon.

«Merci à vous, ô sentinelle d'azur…» Je le regardais et le regardais, ce sacré buste, je mourais d'envie de me jeter dessus. Je trépignais.

«Merci à vous, ô…»

Tout à coup, je me suis vu dans la scène d'ouverture de *Pulp Fiction* de Quentin Tarantino. Je coupais la parole au vieux. Je sautais à pieds joints sur la table, fichant en l'air les petits-fours et les flûtes à champagne, braquant mon revolver, bras tendus, sur l'adjointe au maire, la bibliothécaire, les invités, tout en effectuant un mouvement circulaire avec ma pétoire. Je hurlais à pleins poumons comme Tim Roth et Amanda Plumer réunis, comme un braqueur de cafétéria hystérique:

«*Everybody keeps cool, it's a robbery!*»

« *Any of your fucking feet move and I'll execute every mother fucking last one of ya !* »

Et là, la musique rock de Dick Dale démarrerait à fond avec son riff de banjo électrique et je courrais sur la table sans cesser de menacer le tout-Saint-Marsac de mon flingue. Arrivé au bout, je bondirais, je m'emparerais du buste de Mirabeau et je plierais bagage avant que quelqu'un ait eu le temps de dire ouf. La porte aurait claqué depuis longtemps que l'assistance serait encore à se regarder, pétrifiée, tandis que Dick Dale ferait cracher ses dernières doubles-croches sur son bon vieil ampli à lampes.

Voilà quelle utilisation j'allais faire de tout ce brio que je gardais en stock depuis le matin. Une référence cinématographique pareille, ça allait les éblouir mes amis de Saint-Marsac, ils s'en souviendraient long-temps.

Une douceur extatique s'emparait de moi.

Une bouffée de bonheur irradiait mon visage.

Des mots incongrus sont venus interférer avec cette sensation agréable. Des mots comme : « Merci à vous, ô canal cholédoque, aqueduc de Bacchus... » J'ai regardé autour de moi. Le vieux monsieur m'invitait à me présenter devant le micro.

C'était mon tour.

Mais, je ne sais pourquoi, tout mon brio s'en était allé.

J'ai été minable.

Dix minutes plus tard, j'étais congratulé par les officiels et la foule se pressait devant le buffet. Je tentais de m'avancer vers les petits-fours. Le vieux monsieur me retenait par la manche. Il voulait une dédicace. Il s'excusait de me déranger encore. « Mais non, je vous en prie », je lui répondais. J'étais sacrément flatté. Je touchais toutes les générations, toutes les catégories sociales. Après les vétérinaires, le troisième âge. Ma prose était universelle.

« Avec grand plaisir », je lui ai dit. Brave homme ! J'imaginais les bons moments qu'il avait dû passer en compagnie de mon roman, ce rire et cette douceur de sentiments qui étaient venus égayer sa solitude de vieillard abandonné, perclus de rhumatismes. Oh comme je me sentais proche soudain de son humanité souffrante !

Je cherchais des yeux son exemplaire. Je ne le voyais pas. Il m'a attiré à l'écart vers une table. Il a fureté un moment dans les feuillets qu'il tenait depuis le début de la cérémonie. « Voilà, c'est là ! » il a fait. Il pointait du doigt un quatrain, tiré à l'imprimante sur du papier machine. C'était le petit compliment qu'il m'avait adressé tout à l'heure. Je l'ai regardé sans comprendre. Il m'a dit : « s'il vous plaît. » Il me tendait un stylo. J'ai de nouveau considéré la feuille. Au-dessus de mon quatrain, il y avait l'hommage en vers destiné à George-Patrick Stendhal. George-Patrick Stendhal avait écrit un mot à côté. J'ai fait de même en plaisantant avec mon interlocuteur.

Il avait l'air ravi de son long poème en alexandrins. Et c'est vrai que c'était un très joli compliment qu'il m'avait préparé. Il fallait à tout prix que j'y appose mon paraphe pour authentifier le fait que je l'avais entendu de mes propres oreilles. Cela lui ferait un beau souvenir. Je riais avec lui. J'étais charmant.

Curieusement, j'ai pensé à mon triomphe du vendredi au Salon du livre de Besançon. J'ai pensé à ce bataillon d'admirateurs que j'étais en train de me constituer à travers la France. J'ai souri au vieux monsieur. J'ai relu son texte flatteur. Puis je l'ai signé. Très vite.

Et j'ai planté là ce vieux croûton qui n'avait pas lu mon livre.

*

La conférence du soir portait sur Mirabeau. Elle devait être assurée par le journaliste de *L'Argus des livres* un peu faiblard du cholédoque qui donc n'était pas là. Cela s'annonçait passionnant. Personnellement, j'étais très décontracté, parce que, en dépit de mes propres mésaventures gastro-duodénales, j'avais rempli mon contrat pour la journée et j'avais bien l'intention, pour finir, de profiter à fond de cette conférence sans conférencier.

On m'a fait entrer dans une auguste salle d'échevinage du XVIIIe siècle. Murs et plafonds en marqueterie. Fauteuils tapissés. Chaire en bois massif. Somptueux. Je ne me suis pas méfié quand on m'a offert la place d'honneur à la chaire, à côté de plusieurs autres personnes que je ne connaissais pas. Quoi de plus naturel, après tout? Ce n'était pas tous les jours que Phil Dechine, prix Mirabeau des vétérinaires, était reçu à Saint-Marsac. Je ne voyais pas qui d'autre aurait pu occuper la place d'honneur du moment que George-Patrick Stendhal était reparti par le train de dix-huit heures.

Je me suis donc assis face au public. Morgane du

Gravier s'était installée dans la salle au cinquième rang. Les gens de l'association m'avaient assuré qu'ils avaient trouvé une solution de remplacement pour pallier la défaillance du conférencier. C'était un monsieur portant un collier de barbe qui m'en avait informé. Il avait l'air de s'y connaître en situations d'urgence. Il m'avait même glissé avec un sourire gourmand que ce serait une surprise.

Le préambule a été un peu long. Un sociétaire de la Comédie-Française de Saint-Marsac s'est levé, a posé la fesse droite sur la chaire et s'est mis à déclamer des extraits d'œuvres classiques. L'expérience n'était pas inintéressante. Je ne m'étais jamais trouvé dans un salon littéraire au XVIIIe siècle.

Alors c'est comme ça qu'on faisait au XVIIIe quand on lisait des livres devant des robes à cerceaux et des trombines à perruques ? Avec cette voix forte, ces intonations en «â», en «ô», en «eû», ces ralentissements du rythme aux moments les plus inattendus qui signalaient la majesté, la grâce, les soupirs de l'amour, les vertiges de la méditation, et tout à coup ces accélérations affolantes, cette respiration saccadée traduisant le suspense, l'émotion, les vapeurs insoutenables ?

C'était donc comme ça dans les salons, à l'époque ?

Chez Mme de Lambert, chez Mme de Tencin ?

C'était donc ça qui remplaçait la télé, mince alors ! Terrible ! J'aurais jamais cru qu'une chose pareille soit possible !

Bien sûr, la démonstration aurait été plus efficace si le sociétaire de la Comédie-Française de Saint-Marsac n'avait pas choisi de longues scènes descriptives où il ne se passait rien et où, fatalement, la perception des soupirs de l'amour, des vertiges de la méditation et des vapeurs insoutenables réclamait davantage d'efforts de la part de l'auditoire. Mais il était visible que le comédien avait de l'ambition. Il s'était refusé à la facilité. Il pensait qu'il fallait éduquer le public, il pensait qu'il fallait être exigeant à sa place. C'est pour ça qu'il postillonnait de cette manière, sa fesse droite posée sur la chaire. C'est pour ça qu'il gueulait comme un putois, à croire que ses auditeurs étaient sourds.

Et ils l'étaient d'ailleurs. Les jeunes n'étaient pas venus.

Tous devant la télé à cette heure.

Après ça, le public a applaudi chaudement le comédien. Celui-ci s'est incliné avec élégance sous un tonnerre de bravos. Puis le maître des débats, l'homme au collier de barbe, s'est tourné vers moi, le regard plein de malice. Il m'a dit : « et maintenant, Phil Dechine va bien nous lire un extrait de son livre ? »

C'était la surprise. Il m'avait prévenu.

Je ne me suis pas démonté. Je lui ai signalé que ce n'étaient pas des manières. J'ai fait : « oh, mais je ne sais pas, je. » J'ai fait : « c'est-à-dire que pourquoi. » J'ai fait : « êtes-vous sûr, car. » Au cinquième rang, Morgane du Gravier s'esclaffait : k-k-k.

Le maître des débats ne voulait rien savoir. Il me tendait mon livre avec fermeté et ce même sourire de gourmandise qu'il affectait depuis le début. J'ai préféré rendre les armes. Je n'allais pas me cabrer sur une question de principe. Avec tout ce brio dont je débordais, au fond, ça ne me coûtait pas grand-chose. J'ai saisi mon roman. Je l'ai ouvert à une page où un jeune malfrat s'exprime en argot des faubourgs. Je me suis lancé avec fougue :

« Hé, t'as visé la frangine ? Mords un peu ces flotteurs ! Elle m'gante, moi, cette gerce. J'lui jouerais bien un coup de rantanplan ! » J'avais pris la voix de mon personnage, une voix gouailleuse et rauque de voyou à casquette.

Le public me fixait, médusé.

J'ai continué : « J'ai essayé l'aut'jour, ça a pas gazé lerche. J'étais schlass, mon pote. J'avais séché trop de picolo. » J'adoptais des manières de mauvais garçon, crâneur, économe de ses gestes.

Le public ne me lâchait pas. C'était une guirlande de visages pétrifiés, une enfilade d'yeux en boules de sapin de Noël.

J'ai poursuivi : « J'suis allé vers elle. J'étais complètement pétrole, les yeux bordés de jambon ! Ça devait se gaffer de loin : elle m'a jardiné deux minutes, puis elle m'a envoyé à dache, la punaise ! » Je jetais de côté des coups d'œil torves de vaurien satisfait de lui-même. Je vivais littéralement la scène. J'étais à Ménilmontant un vendredi soir dans un bastringue plutôt louche. Quand je me suis arrêté, il y a eu un grand silence.

Nous nous sommes regardés le public et moi.

J'ai entendu clap, clap au fond à gauche.

Puis clap, clap devant au milieu.

Et pfffrkkk-k-k-k au cinquième rang.

Et c'est tout.

À côté de moi, l'homme au collier de barbe contemplait les lunules de ses ongles. Le comédien avait la tête rentrée dans les épaules. Je n'étais pas mécontent de moi. J'avais fait œuvre de salubrité publique. J'avais bousculé un peu toutes ces habitudes du XVIIIe siècle, ces perruques, ces robes à cerceaux. Il fallait que ça change, que diantre ! Il fallait se secouer les puces, parbleu ! Ah ah ! Ce prix Mirabeau des vétérinaires m'avait ouvert des perspectives inattendues. J'avais découvert presque à l'improviste la véritable nature de mon talent. J'étais un novateur, un Robespierre, un révolutionnaire des lettres !

Je suis rentré chez moi, galvanisé.

La tête de Mirabeau dans ma sacoche.

Leçon 9

Les lecteurs

C'était dans une ville pas très loin de chez vous. J'avais été invité à une rencontre avec des lecteurs. Peut-être que vous y étiez ? Souvenez-vous, la soirée avait commencé par une lecture de quelques extraits de mon livre. Mais si, ensuite j'avais répondu aux questions de la salle. Ça ne vous rappelle rien ? Même que, pour finir, j'avais dédicacé mon bouquin par centaines. Non, vraiment ? Vous ne voyez pas ?

Alors, c'était ailleurs.

Après la séance de signature, un cocktail avait été organisé dans un salon de réception. Bouquets de fleurs, aquarelles sur les murs. La table était longue, revêtue d'une nappe bleu turquoise et couverte de victuailles. J'allais çà et là, piquant discrètement des petits-fours par poignées sur le buffet. J'étais un écrivain après le travail. Un écrivain affable. Tout admirateur pouvait m'aborder et me dire « bonjour, monsieur Dechine » sans que j'en prenne ombrage. J'étais d'une bonté exténuante. Je m'étonnais moi-même d'avoir su rester aussi simple. Le succès ne m'était pas monté à la tête, on pouvait le dire. Ma bienveillance ne connaissait pas de limites.

Enfin, jusqu'à un certain point.

Parce que les limites, elles existent pour chacun, forcément. Et un jour ou l'autre, vous finissez par les rencontrer.

Ce fut ma leçon de ce jour-là. Je me goinfrais de petits gâteaux. Je laissais les lecteurs approcher. Eux, je les ai vus venir de loin. Ils procédaient par bonds comme des lapins de garenne. C'était un couple. Le monsieur avait une tête de docteur Gachet. Des moustaches brunes, une mouche sous la lèvre inférieure, le cheveu grisonnant. Il fumait la pipe d'un air finaud. Le genre de bonhomme ami des arts à vous inviter à Auvers-sur-Oise pour vous guérir à tout jamais de vos manies littéraires. La dame était plus jeune. Blonde. Sur son trente et un. Le chignon retenu par une résille. Le genre dévote de son mari, mais déléguée à la culture et défendant des opinions.

Je les voyais progresser de groupe en groupe.

Encore un bond. Encore un bond.

Et ils étaient sur moi.

« Nous avons adoré votre livre », fait le monsieur en tirant sur sa pipe. « Oui, adoré », reprend la dame avec un sourire approbateur. « Vous avez un sens prodigieux des situations », poursuit le monsieur. « Oh oui, prodigieux », répète la dame. « Et ce travail sur la langue, c'est sensationnel », ajoute le monsieur. « Ça, c'est vrai, sensationnel, c'est le mot », insiste la dame. Ils se jettent des coups d'œil inquiets pour vérifier que tout y est.

Je les trouve charmants.

Mais le monsieur se lance dans une improvisation. « Vous avez un humour très caustique, il fait. Vous êtes très proche de Marcel Aymé. »

Je n'ai jamais lu un traître mot de Marcel Aymé.

Encouragée par son époux, la dame se lance aussi : « cette description des bas-fonds où vit l'homme avec le chien, c'est extraordinaire, on croirait lire du Zola. »

Je ne peux pas voir Zola en peinture.

Le 14 juillet 1892, il a refusé sa porte à Léon Bloy qui venait d'accomplir le voyage en train jusqu'à Médan pour lui demander du secours, c'est une chose qui ne se pardonne pas.

Puis les événements se précipitent.

« Et votre chapitre introductif ! On pense tout de suite à Lautréamont. Quelle violence ! » s'emballe le monsieur.

« C'est gogolien », fait la dame, plus mesurée.

« Et la psychologie des personnages ? » demande le monsieur.

« Dostoïevski assurément », répond la dame.

« Ou peut-être Nabokov… »

« Avec un soupçon d'Orwell… »

« Tu penses à *1984* ? »

« Non, chéri, *La Ferme des animaux*, voyons ! »

Je les observe, tétanisé. Ils s'adressent des œillades de connivence, de longs sourires distingués. Leur conférence prend son envol. Je commence à avoir peur. Tout d'un coup, le monsieur se souvient que j'existe. « Après un si beau début, vous préparez sans doute un deuxième roman ? il me fait. Notez bien que je ne dis pas un *second* roman, hu hu hu ! »

Oui, là, je vous dois une explication. À vos débuts en littérature, il y a une blague que vous devez vous préparer à entendre un demi-billion de fois. C'est la fameuse plaisanterie du second roman. Comme, par hypothèse, vous n'allez plus rencontrer que des gens amoureux fous de la langue française, il faut vous attendre à entrer avec eux dans la complicité qui unit les gens cultivés. Pour cela, il y a des codes qui échappent au vulgaire.

Par exemple, il y a le célèbre clin d'œil du « second roman ». Sachez, pauvres ignares, que l'adjectif numéral « second » indique le dernier d'une série de deux et que si vous envisagez une carrière littéraire, il vaut mieux écrire un deuxième roman qu'un second (parce que si c'est un second, c'est qu'il n'y en aura pas d'autres, c'est justement ça qui est poilant, hu hu hu). En général, les professionnels des lettres se reconnaissent entre eux grâce à cette phrase codée. Évidemment, ça ne peut pas vous faire rire, parce que vous n'êtes pas professionnel des lettres. Mais ceux qui savent esquissent un sourire entendu. Quant aux autres, ils se composent des mines ahuries et admiratives, bref, ils passent pour des imbéciles.

Pour ma part, les cocasseries d'initiés me laissent de marbre. C'est comme les gens qui truffent leurs discours de références littéraires et cinématographiques, je trouve ça insupportable. Et pourquoi pas en faire des bouquins pendant qu'on y est ?

Vous comprendrez donc qu'avec sa blague du second roman, le docteur Gachet en reste pour ses frais. Quand il me la sert, je n'amorce pas l'ombre d'un sourire. Je ne réponds rien à son « hu hu hu. » Je fais semblant de ne pas comprendre. Je revêts avec une bouleversante conviction le plus parfait faciès d'abruti littéraire qui se soit jamais rencontré.

Le docteur Gachet tousse un peu. Il sort son briquet et fait mine de rallumer sa pipe qui ne s'est pas éteinte. Il reprend : « hum, je disais, vous avez sans doute en vue un deuxième roman ? » Je fais : « oui. » Le toubib s'empare de ma réponse : « ahah, et à quelle échéance ? » Je fais : « il est déjà écrit. » Je le regarde l'air obstiné et obtus. Je perfectionne mon visage de brute. Il y a un long silence. Un silence gêné.

Il tire sur sa pipe quelques bouffées nerveuses. Il s'empresse d'enchaîner : « à propos de votre deuxième roman… » Je ne bronche pas. Il poursuit : « on peut connaître son titre ? » Je dis : « *Autoportrait à la clef de douze.* » Et là, il se produit quelque chose. Il regarde sa femme l'air abasourdi. Ils sont admiratifs. Ils sont sidérés par la beauté de mon titre.

C'est vrai que des titres pareils, ça ne court pas les rues. Je suis rudement fort pour les titres. Parfois je me dis que je devrais me spécialiser, m'en tenir là, n'écrire que des titres. Quel concept ! Aucun écrivain n'y a encore pensé. Ça pourrait faire ma gloire, une idée de ce calibre. Mais attention, il ne s'agirait pas de céder mes titres à d'autres. Pour qu'ils en fassent des romans et engrangent des succès à ma place ? Et puis quoi encore ! Non, je publierais directement mes titres sur une page de couverture et ils seraient vendus tels quels, point final. Pas cher, vite lu, de quoi satisfaire les goûts des lecteurs d'aujourd'hui. Il faut savoir s'adapter à son époque. Tu as lu : *La Destruction des téléphones* de Phil Dechine ? Ah oui, excellent ! Surtout dans la deuxième partie du titre. Ce pluriel, « des

167

téléphones», c'est très évocateur, très puissant ! Quelle parabole sur la condition humaine ! Quelle densité !

Pendant que j'imagine toutes les possibilités de ce nouveau concept littéraire (pin's de titres, chansons de titres, expositions de titres, tee-shirts de titres, il peut être décliné à l'infini), mes deux interlocuteurs réfléchissent et hochent la tête. «Ça va très loin», dit le monsieur. «C'est très fort», dit la dame. Je les trouve d'une grande sûreté de jugement. Des esprits avertis, de grands amateurs de littérature. Ils sont remontés dans mon estime.

Après, il se produit un incident.

Un léger cafouillage.

Le monsieur répète mon titre pour mieux s'en pénétrer : «*Autoportrait d'une clef de douze*, ça a un côté surréaliste, n'est-ce pas ?» J'en reste sans voix. Je n'ai pas dit «auto-portrait *d'une* clef de douze». Pourquoi il dit «autoportrait *d'une* clef de douze» ?

Le monsieur est radieux. «Je suppose que vous êtes comme moi un fervent lecteur d'André Breton ?» Je le regarde, stupéfait. C'est vrai que je pourrais rectifier. Je pourrais dire : «pardon, mais c'est "*à la* clef de douze"», ce n'est pas du tout la même chose. Autoportrait *à la* clef de douze.» Mais c'est déjà trop tard. Il a l'air tellement content que ce soit un bouquin surréaliste et que j'aime André Breton, moi qui ne l'aime pas du tout. Pourtant, ce n'est pas ce que j'ai dit, vraiment pas. Je n'ai pas dit «*d'une* clef de douze». Si je l'avais dit, d'accord. C'était pas pareil. Il avait le droit de me parler d'André Breton. Tandis que là, non. J'avais dit tout autre chose. Mais c'était trop tard.

C'était étrange tout de même que je ne l'aie pas corrigé. Il aurait suffi de dire : « veuillez m'excuser, monsieur, je crois que vous faites erreur, j'ai peut-être parlé trop bas, mais il s'agit en réalité – pardonnez-moi, je suis si confus – d'Autoportrait *à la* clef de douze, À LA CLEF DE DOUZE, NOM D'UN CHIEN ! »

Mais je ne l'avais pas fait. J'avais gardé le silence.

Et maintenant c'était trop tard.

D'une certaine façon, j'étais complice. J'étais complice de cet homme qui déformait horriblement mon titre, un titre qui aurait pu se vendre à des milliers d'exemplaires, dont on aurait fait des pin's, des chansons, des affiches, des slogans, des tee-shirts, et qui m'aurait rapporté des fortunes. Mais là, non, puisque ce n'était pas ce que j'avais dit. Et je contemplais, impuissant, le désastre de mon titre affreusement défiguré, réduit à l'état de soupe surréaliste recuite, ayant perdu tous ses pouvoirs. Un titre qui ne valait plus rien maintenant, un titre qui ne mènerait nulle part.

Que s'était-il passé ? Pas grand-chose pourtant. Ce type avait entendu *d'une* clef de douze au lieu de *à la* clef de douze et je n'avais pas été assez rapide pour rectifier. Voilà à quoi tenait un succès, une carrière, un destin.

Voilà comment survenait un désastre.

Et quand je dis « désastre », je ne pense pas qu'à moi. Bien sûr, il y a ma maison à Los Angeles que je n'habiterai jamais, ces sommes colossales sur mon compte en Suisse qui ne sera pas ouvert, ces femmes somptueuses sur le corps desquelles nous ne serons jamais obligés de rouler, mon épouse et moi, avec notre limousine, lorsque nous rentrerons d'une party à Beverley Hill.

Mais il y a pire. Je pense au désastre que cela représente pour l'édition. Je pense à l'effondrement du chiffre d'affaires de Busch & Sachtl. Je pense à la moins-value du livre en général. Je pense au déclin de la culture francophone à l'étranger. Et tout ça, parce qu'une triple buse a entendu «*d'une* clef de douze» alors que je ne l'ai pas dit? Vous avouerez tout de même qu'il y a des claques qui se perdent!

*

Je suis rentré à l'hôtel très abattu ce soir-là. Un petit hôtel sans prétention, vous voyez lequel? un deux-étoiles près de la gare, à deux pas de chez vous.

Non? Alors c'était ailleurs.

Dans l'établissement, tout était calme. Je me suis enfermé dans ma chambre. J'avais de mauvaises pensées. Des pensées de défaite, de capitulation. Cette débâcle de la littérature m'avait affecté en profondeur. Ma confiance en moi en avait pris un vilain coup. Je voyais bien que mes titres ne valaient rien en réalité. Je voyais bien qu'ils ne frappaient pas l'imagination, puisque même le docteur Gachet qui pourtant faisait la différence entre «second» et «deuxième» n'était pas fichu de les retenir.

À tous les coups, il allait s'endormir persuadé d'avoir discuté de *Métaphysique des tubes* avec Amélie Nothomb. À quoi bon fonder toute mon œuvre là-dessus à présent. C'étaient des titres à deux balles. On les oubliait à peine les avait-on entendus. Alors dans

170

un siècle ou deux, qu'allait-il en rester ? J'avais un cafard à couper au couteau. Une crise de neurasthénie à coucher à Auvers-sur-Oise.

J'avais atteint ma limite.

J'ai cherché le numéro de téléphone d'Isabelle Dumas pour la prévenir que j'abandonnais la littérature. Je ne l'avais pas sur moi. J'ai appelé la gare pour savoir quel était le premier train en partance pour l'Abyssinie le lendemain. Mais il faut reconnaître que du côté de chez vous, les trains pour l'Abyssinie, il n'en part pas des masses. L'employé des chemins de fer qui m'a répondu m'a dit qu'il ne faisait pas agence de voyages et que pour une saison en enfer, je pouvais aller voir ailleurs.

S'ils embauchaient aussi des amis des arts à la SNCF maintenant... Qu'allait-il demeurer pour des pauvres types comme moi ?

Mon désespoir était immense. Je me suis allongé sur le lit. Je pensais à Lautréamont. Je pensais à Dostoïevski. Je pensais à Gogol. Dans mon portefeuille, je gardais une phrase d'Antonin Artaud que j'avais recopiée, il y a longtemps : « les chefs-d'œuvre du passé sont bons pour le passé, ils ne sont pas bons pour nous. » Je pensais à Nabokov. Je pensais à Orwell. « Ils ne sont pas bons pour nous. » Tu parles !

Je me suis redressé vivement. Je me suis jeté sur ma valise comme une furie et je l'ai vidée de tout ce qu'elle renfermait. Mes affaires se sont répandues sur le sol. Des vêtements, des produits de toilette, des livres, un carnet. Un carnet à dessin de petit format, à couverture noire et rigide. J'y consignais mes idées pour mes projets littéraires. Il y avait des titres pour les dix ans à venir là-dedans, des longs, des courts, des qui-percutent, des qui-flamboient, de quoi bâtir une œuvre monumentale.

Il contenait également des arguments de nouvelles, des synopsis de romans, des noms de personnages, des profils psychologiques, des anecdotes, des métaphores, des expressions, des mots rares, tout le matériel pour écrire pendant des lustres sans plus avoir besoin de me creuser la tête. Ma bibliographie à l'état virtuel.

J'ai saisi le carnet. J'ai arraché la couverture. J'ai déchiré toutes les pages. Je les ai réduites en charpie dans une frénésie de destruction. Crrraaac. Le papier à dessin faisait un bruit terrible, définitif. Je voyais mon écriture se disloquer. Les mots écartelés, brisés, disjoints perdaient leur signification. J'ai déposé les morceaux en monticule dans un grand cendrier et j'y ai mis le feu avec un briquet. Je transpirais. J'aurais voulu aller plus vite. Mais je devais procéder par étapes, parce que le papier une fois déchiré occupait un volume supérieur à celui du cahier. Dès que j'obtenais un tas de cendres, j'allais les jeter dans la cuvette des waters et je tirais la chasse. Le papier calciné se mélangeait à l'eau. Mes pensées revenaient à leur état naturel : noir et fluant. Un rapide tourbillon et il n'y avait plus rien.

Lorsque mon travail fut achevé, je me sentis mieux. Un peu fiévreux. Mais apaisé. Ma future bibliographie avait trouvé sa juste place. J'étais libéré d'un poids énorme.

Voilà. J'avais détruit le fruit de plusieurs années de réflexion et de recherche. Ces œuvres ne verraient jamais le jour. Personne ne saurait jamais qu'elles auraient pu exister. Personne ne les trahirait jamais en se méprenant sur leur titre. Peut-être que parmi elles, il y avait l'équivalent de *Crime et Châtiment*. Peut-être que l'une d'elles aurait fait oublier *Les Chants de Maldoror* ou *1984*. Mais nul ne le saurait jamais. Maintenant, c'était fini. C'était détruit. Il ne fallait même plus y penser. Et d'ailleurs, je n'y pensais plus. (Et tout ça, parce qu'un médicastre d'Auvers-sur-Oise s'était imaginé que je pouvais écrire l'autoportrait *d'une* clef de douze, je ne sais pas si vous voyez le comique de la situation ! L'autoportrait *d'une* clef de douze, je vous demande un peu !)

Je ressentais une grande paix en songeant à l'énorme responsabilité qui allait désormais peser sur les épaules du docteur Gachet. À cette faute colossale qu'il lui faudrait assumer devant les générations futures.

Je me suis couché, tout à fait rasséréné. J'ai dormi comme un bébé. C'est drôle, j'avais brûlé mon carnet de notes, mon bien le plus précieux, tout un pan de ma vie, et cela ne me faisait rien. Il faut dire que c'était un sacré beau geste. Un geste de génie de la littérature. Il faudra que je pense à le signaler à mon biographe plus tard. De toute façon, j'en ai un double à la maison.

Leçon 10

Le succès

Le principal intérêt d'écrire des livres, en dehors de vous faire mener une vie de moine et de vous couper complètement des autres, c'est tout de même de vous faire rencontrer des gens, il faut bien le reconnaître. On ne le dit pas assez, mais la publication d'un roman est une porte ouverte sur le monde. Dès qu'un de vos bouquins est en librairie, vous n'avez plus besoin de chercher à entrer en contact avec vos semblables : ce sont eux qui viennent à vous.

Il y a une explication rationnelle à cela. L'écriture permet de faire des rencontres en montrant d'abord ce que vous avez de meilleur. C'est un peu comme les petites annonces. « J. H. au physique agréable, extrêmement proportionné, incroyablement sportif, cheveux presque bruns, yeux presque bleus (surtout à droite), cherche J. F. avec bouche-limace pour mordre dedans et plus si affinités. » Beaucoup de gens ignorent qu'entre les petites annonces et la littérature, il n'y a aucune différence. Sauf qu'avec cette dernière, vous n'êtes pas limité par le nombre de lignes et que vous pouvez y varier le mensonge à l'infini.

Quand mon premier roman est sorti, je m'en suis

vite rendu compte. Au début, dès qu'un article paraissait à mon sujet, je paradais dans les rues, avec le journal sous le bras. Je le portais ouvert à la bonne page, de telle manière que mon nom ou le titre de mon livre soit bien visible pour les passants. Il était rare que je rencontre quelqu'un qui l'ait lu. Ça impressionnait surtout mon marchand de journaux. J'achetais tout en triple exemplaire, j'étais devenu son meilleur client.

C'était encore avec ma femme que ça marchait le mieux. Lorsque je rentrais, je ne disais rien. Je sifflotais. C'était un code entre nous. J'avais l'air content, ça cachait quelque chose. Elle me demandait : « alors ? » Je répondais : « alors quoi ? » comme quelqu'un qui ne voit pas du tout de quoi il s'agit. Comme un homme qui a oublié qu'il a écrit un livre et qu'il a un papier dans *L'Argus des livres* ou dans la *Gazette littéraire*.

Ma femme reprenait : « alors, tu as un article aujourd'hui ? » Je me frappais le front : « ah oui, mais où avais-je la tête ! » Je riais de bon cœur : « ça, par exemple ! » Je me moquais gentiment de moi : « ce que je peux être étourdi tout de même ! » Nous nous amusions de ma modestie légendaire. Puis je lui donnais l'article avant de quitter la pièce d'un air détaché. Je la laissais tranquille pour le lire.

Dans la chambre d'à côté, j'étais tout ouïe.

Il n'y avait pas de réaction. Pas un soupir.

Je sentais croître une admiration phénoménale chez ma femme. C'est pour ça que je ne restais pas avec elle. Par pudeur.

Plus les jours passaient, plus ma femme m'admirait.

Les articles paraissaient. Elle ne faisait aucun commentaire. Pas le moindre mot. Je retrouvais les journaux pliés à la bonne page sur la table du salon, bien en évidence. N'importe qui de passage à la maison – plombier, médecin, Témoin de Jéhovah – pouvait les voir et recevoir d'un seul coup la révélation incroyable de ma célébrité.

Je ne savais plus où me mettre.

Ma femme se donnait beaucoup de mal pour dissimuler ses sentiments, mais elle était si maladroite que son adoration pour moi crevait les yeux. Par exemple, dès que quelqu'un avait un mot gentil à mon égard, elle lui coupait la parole. Il suffisait qu'on lui dise « votre mari, quel sacré tempérament d'écrivain » et elle se souvenait de quelque chose : « oh, veuillez m'excuser, je suis en train de lire un livre génial, *Catch 22* de Joseph Heller, il faut que j'aille lire la suite, c'est à pleurer de rire. »

Et elle fichait le camp dans la chambre.

Cette vénération ostentatoire de ma femme me gênait. Un jour, j'ai fini par exploser. « Mais enfin, contrôle-toi, je lui ai fait. C'est pas possible de m'admirer comme ça ! Je sens un déséquilibre dans notre relation. » Elle a posé sur moi un regard tragique. Elle en était à la page trois cent quatre-vingt-quinze de *Catch 22*. Elle riait nettement moins maintenant.

C'est que *Catch 22*, c'est drôle, mais c'est long.

Il faut un sacré tempérament d'écrivain pour en venir à bout.

« La cave », je lui ai dit.

« Quoi, la cave ? » elle m'a fait.

«Lis le chapitre intitulé "La cave", j'ai répondu. C'est vers la fin. C'est vite lu. C'est parfait pour pleurer de rire. »

J'ai senti son admiration redoubler.

Elle est restée muette.

Et elle a fichu le camp dans la chambre.

*

Un jour, la librairie Mordicus m'a invité pour une lecture publique, suivie d'une séance de signature. La librairie Mordicus se trouvait à deux pas de chez moi. Nous étions revenus vivre en ville. J'en avais assez de la campagne, de la solitude et des gazouillis d'oiseaux. Quitte à être célèbre, autant en profiter à fond dans un environnement urbain. Parce que dans l'Aveyron, à part le reflet d'une paire de jumelles sur la colline d'en face, il faut être franc : côté paparazzi, c'est quand même assez calme.

René Bost, le libraire, m'avait fait une vitrine inouïe. Il y avait un mur d'exemplaires de *Métaphysique du dog* et, au milieu, ma photo, immense, avec ce texte sur une banderole : « Phil Dechine dédicacera son livre à la librairie Mordicus jeudi prochain à dix-huit heures. » De part et d'autre, des articles de presse élogieux avaient été accrochés. Je suis tombé en arrêt devant cette vitrine. En toute objectivité, c'était la plus belle vitrine que j'aie jamais vue.

Je ne sais pas d'où René Bost tire ce talent pour les vitrines, il a fait les Beaux-Arts ou quelque chose ? Je ne pouvais m'en détacher. Il y avait un équilibre presque classique dans sa composition. Huit exemplaires de mon livre d'un côté, huit exemplaires de mon livre de l'autre. Et au milieu ce portrait. Il s'en dégageait une impression de force et d'harmonie digne des temples grecs.

J'ai passé la semaine entière devant cette vitrine.

Attention, je n'ai pas dit *face* à la vitrine. Face à la vitrine, ça aurait été lassant. Et puis ça aurait été grotesque aussi. Vous m'imaginez contemplant ma propre image pendant des heures, lisant et relisant mon titre à l'infini ? Quelle pitoyable complaisance ! Quel narcissisme ridicule ! Non, j'étais *dos* à la vitrine. J'observais les gens qui passaient dans la rue. J'étais en communion avec l'univers, les épaules relâchées, le menton altier, le regard tourné vers l'azur.

Exactement comme sur la photo derrière moi.

Notez bien qu'il était temps que je commence à familiariser le public avec mon image. Pour vendre des livres aujourd'hui, il est conseillé d'être jeune. Ou alors très très vieux et démoli par l'alcool et la drogue. Bon, en ce qui me concerne, l'alcool et la drogue, ce n'était pas possible à cause de mon canal cholédoque. Donc, je préférais être jeune. Mais il fallait reconnaître que j'étais jeune *de justesse*. J'étais jeune par comparaison. (Et aussi parce que je possédais ce sens inné du *lifting* vestimentaire qui frappe de stupeur tous ceux qui m'approchent).

Bien sûr, vous allez me dire : « mais vos livres respirent la jeunesse, la fantaisie et la fraîcheur ! » et je suis bien d'accord avec vous. Cependant n'omettez jamais ce paradoxe de la littérature : plus vous consacrez de nuits à embellir votre personnalité par la confection de récits étourdissants, plus vous devenez moche à force d'insomnies. Votre carnation juvénile adopte un teint de topinambour, vous perdez votre chevelure adolescente, votre visage jusqu'alors frais et jeune se parchemine de rides. Cela vous fiche un drôle de coup le jour où vous en prenez conscience (généralement, aux abords de la quarantaine).

Dans l'édition, retenez cette maxime, il n'y a que les trente premières années qui coûtent (allez expliquer ça à un débutant : neuf fois sur dix, il préférera le body-building, c'est d'une rentabilité plus certaine).

Par chance, j'avais encore un peu de temps devant moi. Et j'avais la ferme intention de profiter de mon capital de séduction avant qu'il ne soit tout à fait dévalué. C'est pourquoi je me tenais chaque jour devant la vitrine qui m'était dédiée à la librairie Mordicus. Le plus délicat était de trouver une contenance. Une attitude noble et digne.

Pour cela, j'avais mon téléphone portable.

Mon téléphone portable est une invention merveilleuse. Il n'a pas d'équivalent sur le marché. Attention, j'ai bien dit : *mon* téléphone portable. Pas le vôtre. Je vous explique : seuls ma femme et mes amis de Busch & Sachtl ont mon numéro. Comme j'ai interdit à ma femme de m'appeler quand je suis en ville (elle n'a qu'à faire ses courses elle-même), lorsque ça sonne dans la rue, c'est forcément mon éditeur. Un téléphone en prise directe avec un éditeur, je ne sais pas si vous vous rendez compte. (Une invention merveilleuse, je vous dis, je vous le prêterai un de ces jours, vous m'en direz des nouvelles.)

Cette semaine-là, Euphrasine Alexandre m'appelait

à tout bout de champ. Euphrasine Alexandre est la responsable de la cession des droits chez Busch & Sachtl. C'est elle qui vend les manuscrits aux éditeurs étrangers. Elle adore annoncer de bonnes nouvelles. Et moi, j'aime beaucoup Euphrasine Alexandre.

J'étais donc devant ma vitrine de la librairie Mordicus, dans une pose hiératique, savamment étudiée. Mon téléphone sonnait. Je prenais un air surpris. Je regardais les passants avec une expression gênée. J'écartais les bras dans un geste d'impuissance. Que voulez-vous, hein, le téléphone, un instrument barbare, un instrument bruyant, je vous l'accorde, mais le travail, vous savez ce que c'est ? Je décrochais. « Oh Euphrasine ! je criais. Quoi de neuf chez Busch ? (excusez-moi, messieurs dames, c'est mon éditeur). »

« Hein ? je hurlais. *Métaphysique du dog*, acheté par l'Allemagne ! Mais c'est diiiiingue ! » Je raccrochais et je restais hilare pendant une demi-heure. Pas possible, je faisais en gloussant à des intervalles de quarante-cinq secondes. J'opinais du chef comme un cocker décoratif dans une lunette arrière de voiture.

Les gens me dévisageaient.

Ils avaient des têtes de monoglottes, ils ne pouvaient pas comprendre.

Une heure plus tard, ça resonnait. « Oh Euphrasine ! je criais de nouveau. Qu'est-ce qui t'amène ? (excusez-moi, messieurs dames, c'est la responsable de mes droits à l'étranger). Quoi ! je beuglais. *Métaphysique du dog*, acheté par la Grèce et le Portugal ! Mais c'est ahurissant ! C'est diiiiingue ! » Je raccrochais en état d'apesanteur. Ça y était. J'étais international. « *Amazing* », je murmurais, les yeux hagards.

Cela me faisait presque peur. Je me sentais tout petit pour un succès planétaire, je me sentais Woody Allen. Je me tenais le front à deux mains en marchant de long en large. Je remontais mes lunettes à montures noires sur mon nez. « *It's crazy*, je faisais en bégayant. *She told me... I... I... I can't believe it! It's crazy!* » J'avais une voix minuscule. Mes cheveux frisottés et rouquins rebiquaient derrière mes oreilles.

Les gens me fixaient.

Ils avaient cet air exclusivement français que j'avais toujours un peu reproché à mes compatriotes.

Ça sonnait une nouvelle fois. Mon cœur tirait des salves dans ma poitrine. Je décrochais et j'éclatais d'entrée d'un rire hystérique : « *yes, Iouphrasin', yes, which country do you want me to smash to pieces ? ah! ah! ah! (sorry, fellows, it's my foreign rights manager)*. » La rue tout entière était frappée de stupeur. Les passants s'immobilisaient. Les nouveau-nés cessaient de pleurer. Les oiseaux arrêtaient de chanter. « *WHAT!* je gueulais. *SOLD TO KOREA ? META-PHYSICS OF THE DOG ? IT'S FUCKING CRAZY! FUCKING CRAZY!* »

Je raccrochais et je me roulais par terre en pleurant de rire. *Fuck*, je disais d'une voix plaintive. *It hurts me laughing like that* ! Je martelais le goudron à coups de poing.

Autour de moi, les gens faisaient cercle avec des mines ahuries.

Oh fuck. Tous ces francophones, ces étrangers.

Totalement irrécupérables.

*

J'ai passé une semaine inoubliable devant ma vitrine de la librairie Mordicus. À vrai dire, je n'y demeurais pas toute la journée. J'avais encore quelques commandes à honorer. Mais, dès que le graphisme d'un paquet de purée ou d'une boîte de corn-flakes était terminé, je me précipitais pour reprendre ma faction à l'entrée du magasin. Je saluais amicalement le type qui faisait la manche un peu plus loin, déguisé en clown-arlequin.

Attention, hein, moi, je ne faisais pas la manche.

Pour éviter toute équivoque, je portais le blouson en toile bleu marine de Robert de Niro dans *Taxi Driver*. Je ne vous ai pas dit? Je suis aussi un expert mondial en Robert de Niro. Je connais l'intégralité de son répertoire, les moindres variations de son registre d'acteur.

Quand un passant venait à s'arrêter, hésitant, se demandant s'il fallait me donner une pièce, je prenais un air offensé. Je me frappais la poitrine de l'index, les yeux plissés. Je lui disais avec un sous-entendu menaçant, le menton en galoche: «*you're looking at me? You… You're looking at me? There's nobody else here, you're looking at me!*» Et là, le type préférait ne pas finir comme Harvey Keitel, plombé de pruneaux, et il décampait sans demander d'explications.

Je lui mettais cinq sur dix.

Bon cinéphile, mais piètre lecteur.

Certaines fois, j'avais une sorte d'intuition. Je pressentais qu'on allait me reconnaître. J'enfilais un complet-veston avec gilet et cravate. J'enduisais mes cheveux de brillantine et je les peignais en arrière bien plaqués sur le crâne. Et ça ne manquait pas. Il y avait toujours quelqu'un pour se figer devant moi et regarder alternativement mon visage et mon portrait dans la vitrine.

« Mais vous êtes Phil Dechine ! il faisait. Ça alors ! » Du coup, j'inclinais la tête avec un sourire malicieux, un sourire plein de rides, le menton toujours en galoche, et je le visais avec mon index en disant : « *you, you're good, you.* » Exactement comme le truand dans *Maffia blues*. Alors, le type me disait : « vous êtes américain ? Attendez, laissez-moi deviner… Vous êtes un chanteur, c'est ça, un crooner américain ? » Un masque de truand tombait sur mon visage et une vague inquiétude sur le sien. Il se rappelait qu'il avait un train dans cinq minutes et il prenait le large les pantalons bien perpendiculaires à la route.

Je lui collais zéro.

Aussi nul en littérature qu'en cinéma.

À la fin, j'étais fatigué de parler avec les gens. Je me laissais pousser le bouc. Je portais une veste sombre et une chemise noire au col dégrafé. Je fixais les passants avec un regard déterminé et précis. Un regard de tueur méthodique. Je surveillais le va-et-vient de la rue, les bras croisés. J'avais des nerfs d'acier et probablement un Smith & Wesson 38 spécial sous l'aisselle gauche.

Je peux vous dire que personne ne s'arrêtait plus devant la vitrine de la librairie Mordicus. Je n'aurais jamais cru qu'autant de spectateurs aient vu *Heat* de Michael Mann, avec Bob de Niro dans le rôle principal. Des cinéphiles d'exception, ce jour-là, c'était à peine croyable. Ils réagissaient au quart de tour. Ils faisaient un crochet d'au moins vingt mètres en m'apercevant. Comme si c'était dans la librairie Mordicus que devait avoir lieu le règlement de comptes avec Al Pacino à la fin. D'ailleurs, je glissais de temps en temps ma main à l'intérieur de ma veste pour confirmer cette sale impression.

Le quartier dans son ensemble vivait à l'heure de l'événement. Même le clown-arlequin d'à côté avait plié boutique. Une performance d'acteur comme ça, on n'en voyait pas tous les jours.

À un moment, un employé de la librairie est venu me prévenir que je pouvais m'en aller.

«Ah bon, je lui ai fait. Mais je croyais que…»

« Fichez le camp, il m'a dit. C'est plus la peine.»

Il n'avait pas l'air content du tout. Il enlevait un à un mes livres de la vitrine.

C'était le jour de ma signature.

Il n'y avait pas un chat dans la salle.

*

Si vous envisagez sérieusement d'écrire un livre, il faut que vous sachiez qu'ensuite, rien ne sera plus pareil. C'est très important d'en avoir conscience avant de commencer. Après, il sera trop tard pour regretter. Il sera trop tard pour vous plaindre.

Votre destin sera scellé.

Pour le moment, quand vous restez enfermé dix heures par jour et plus pour noircir du papier, que vous travaillez d'arrache-pied le dimanche et pendant vos congés, vos proches ont tendance à vous prendre pour un fou, c'est naturel. On vous regarde avec méfiance, on vous fait sentir que vous n'êtes pas tout à fait normal, c'est une réaction bien compréhensible.

Vous êtes incapable de commenter les programmes télé, vous ne partez plus en vacances pour ne strictement rien fiche de vos journées, vous n'assistez qu'avec difficulté aux fêtes familiales. Bref, vous avez quelque chose de personnel à accomplir et ça ne va pas.

Vous êtes un individu bizarre, un ours mal léché, un asocial qui fait peur. Dites-vous que n'importe qui d'un peu sain et équilibré penserait la même chose à leur place. Dites-vous que vous n'êtes qu'un ingrat, un mauvais rejeton, la lie de la société et écrivez juste deux fois plus pour oublier ça.

Vous, pauvre fou.

Mais dites-vous aussi que si votre pathologie aboutit jamais à la publication d'un roman, vous deviendrez alors un fou intéressant. Vous deviendrez un ours avec certificat médical.

La fierté de la famille.

Et écrivez juste deux fois plus pour oublier ça.

Mais je n'ai pas parlé de vos amis. Les amis sont les gens les plus adorables du monde. Si vous les choisissez bien, ils ne vous parleront pas des programmes télé et la plupart iront jusqu'à éprouver le plus vif intérêt pour vos travaux d'écriture. Ils se montreront charmants. Ils vous questionneront avec enthousiasme, ils trouveront votre passion originale.

C'est même ce qui, dans quatre-vingt-dix pour cent des cas, vous conduira tôt ou tard à vous fâcher avec eux.

En effet, quatre-vingt-dix pour cent de vos amis d'avant la publication de votre premier roman considéreront à tout jamais que vous écrivez en dilettante.

Le fait qu'au cours de vos discussions, ils aient toujours situé vos projets littéraires au même niveau que les résultats des dernières cantonales ou que les courbes de la délinquance aux États-Unis aurait dû vous mettre la puce à l'oreille. Cependant à l'époque, vous étiez trop heureux qu'après l'offrande du bouquet de fleurs, du bibelot ou de la bouteille de vin rouge, ils s'enquièrent aussi spontanément de vos travaux et vous ne releviez pas la dissonance avec toute la clarté d'esprit requise. Il est des coq-à-l'âne tragiques dont on préfère parfois ne pas tirer toutes les conséquences sur l'instant.

Vous les tirerez toujours assez tôt.

Quand votre livre paraîtra, il y en aura à qui vous l'offrirez et qui ne prendront pas la peine de vous remercier. Ils le poseront quelque part, sur une étagère, sur une table de chevet, et penseront qu'ils en sont quittes avec ça. L'équivalent pour eux du bouquet de fleurs. Du bibelot. De la bouteille de vin rouge. Pour vous, des mois de combats téléphoniques, de résistance familiale et de douleurs plus difficiles à expliquer du côté du cholédoque.

Il y en aura également qui se vexeront que vous ne leur en offriez pas un exemplaire. Ceux-là n'oseraient pas demander à un ami commerçant de se servir gratuitement à l'étalage, mais vous qui n'êtes pas libraire et qui en plus êtes dilettante, ce n'est pas pareil.

Un dilettante, ça ne gagne pas sa vie, un dilettante.

Un dilettante, ça s'amuse tout le temps.

Dix heures par jour la semaine.

Et les dimanches. Et les congés.

Allez expliquer ça aux gens réellement utiles à la

société. Aux fabricants de dossiers, aux organisateurs de réunions. Allez vous justifier devant les producteurs de nécessités premières. Allez leur dire que les livres sont votre raison de vivre. Allez leur dire qu'ils vous ont sauvé la vie. Tâchez de leur faire comprendre cette petite chose de dix heures par jour, dimanche compris, congés itou, cette chose infime, pas commercialisable. Ils vous regarderont avec un air de compréhension et de bonté, avec ce fichu air de compassion qu'ils ont tous pour les poètes. Il y en a même un ou deux qui vous diront : « tu as raison. » Ils feront : « moi aussi, j'ai un hobby. » Ils feront : « dès que j'ai une minute à la maison, je bricole. »

Pauvre poète, pauvre fou.

Essayez donc d'écrire deux fois plus pour oublier ça.

Table

COMPOSITION : PAO EDITIONS DU SEUIL

GROUPE CPI

Achevé d'imprimer en septembre 2008
par **BUSSIÈRE**
à Saint-Amand-Montrond (Cher)
N° d'édition : 96881. - N° d'impression : 81406.
Dépôt légal : octobre 2008.
Imprimé en France